爱到深处就是诗

鲁庆　著

ARTIME
时代出版

时代出版传媒股份有限公司
安徽文艺出版社

图书在版编目（ＣＩＰ）数据

爱到深处就是诗 / 鲁庆著. -- 合肥 ： 安徽文艺出版社, 2025. 1. -- ISBN 978-7-5396-8221-1

Ⅰ. I227.6

中国国家版本馆 CIP 数据核字第 2024FA3045 号

爱到深处就是诗
AI DAO SHENCHU JIUSHI SHI

出 版 人：姚　巍
责任编辑：秦　雯　　　　　　　　封面设计：李　超
....
出版发行：安徽文艺出版社　　www.awpub.com
地　　址：合肥市翡翠路 1118 号　　邮政编码：230071
营 销 部：(0551)63533889
印　　制：永清县晔盛亚胶印有限公司　　(0316)6658662
....
开本：700×1000　1/16　印张：13　字数：180 千字
版次：2025 年 1 月第 1 版
印次：2025 年 1 月第 1 次印刷
定价：69.50 元
....
（如发现印装质量问题，影响阅读，请与出版社联系调换）

情是散文之魂，更是诗之魂灵

——鲁庆散文诗选《爱到深处就是诗》

石 楠

我认识鲁庆也就三四年。记得第一次相见是他和女诗人程绿叶驾车从桐城来安庆接我。我们在桐城诗院与文乡的才子才女们快乐地相聚。又一同参观美术馆，到孔城老街游览，女摄影家吴菲为我们拍了很多好照片。他陪着我们，直到开车将我送回安庆。他给了我知性、绅士、礼貌、热情又真诚的美好印象。

这之后，我们常常相见，一年至少一两次，我对他有了更多的了解。他20世纪80年代中期毕业于上海同济大学建筑结构专业，教授级高工，曾经是东华工程科技有限公司建筑设计院院长。三十多年间，他参与设计和管理的大型建筑工程项目数不胜数，荣获过很多奖项，比如，伊犁新天年产20亿立方米煤制天然气项目，获国家优质工程金奖（工程类的最高奖）；南京扬子年产30万吨乙烯污水处理工程，获化学工业部优秀工程设计三等奖；合肥百大"三绿工程"可行性研究，获安徽省优秀工程咨询成果三等奖。他发表过很多相关专业的学术论文。他是他这个行业的优秀高工，他深爱他的事业。但他又是一个有文学基因和文学情怀的人。他出生在桐城，自幼受到桐城文化的熏陶和影响，骨子里蕴藏着文学之梦。退休了，不用再把全部心血放在他奋斗了一生的工程建设上，文学的种子在他心底悄然发芽了。他开始写诗，大多是散文诗。一个多月前，他跟我说，他把他这两年写的作品重新看了一遍，

1

选编了一本集子，书名叫《爱到深处就是诗》，要我为他的这本书写篇序，并亲自送来了打印好的大字号的文稿。

我年岁不算大，也就八十又五，但我的眼疾越来越严重，已很久不能写了，除了思维枯竭，还眼疼手抖，阅读困难，但又不好意思说不。只好说，你给我一点时间，我先读读诗稿。

他这本散文诗集分为五辑：《城市音符》《岁月记忆》《四季呢喃》《思想星火》和《生活哲思》。

我读着读着就放不下了，直到眼疼得不能忍受。他的诗，全都来自他熟悉的生活：朝夕相处的建筑工具、目光所及的材料、深藏他心灵深处的情和爱。他歌唱的是和他结伴创造世界的伙伴，是劳动，是创造，是劳动和智慧结伴的光荣，是深深扎根在他这样的建设者心里的真情！我喜欢他的诗。

读这些短章，我很享受，还有些激动和惊喜。他写的是混凝土、脚手架、塔吊、焊枪、基石、红砖……都是些很平常的建筑材料，他却活化了它们。

他写混凝土，"它叫土，却不是土。固化以后，比石头还坚硬。"他用诗的语言描写了它们的生成和结合。使它们遇见的不是建筑工人，而是缘分，是千年之前的约定，是各自肩负的使命。因为水和水泥是沙石和谐结合的媒介，"才有了相守终生的固化，让彼此生死相依"。"你我相遇在高楼大厦的十字路口，是否也钟情于这碎石和沙的混合？"

他笔下的"脚手架"，是守一方平安的卫士。他歌唱建筑工人以"砂浆为墨，砖刀作笔"，谱写城市最美的篇章。

坚硬冰冷的塔吊，在他的诗篇中是开天辟地的英雄。"挥动巨臂，把太阳从熹微中吊起，让新的一天从灿烂开始"，"春去秋来，风吹雨淋，你和建筑一同升高，升到和天齐高"。

他写阀门，"有的大如满月，有的小如指甲……都坚守着自己的岗

2

位：开启和关闭。循环和通畅，是它们的使命"，"在开启与闭合间，丈量岁月的漫长"。

红砖在他的笔下，"红面红心，里外始终如一，千年不变"，"用砂浆铺垫，一层层，由平凡的个体集结成一个个伟大的整体，描绘着华丽的城市"，"所有的伟大，都是从平凡开始。所有的飞翔，都离不开脚下的路"。

收入后面四辑中的篇章，文采更加飞扬，情感的抒发更为细腻动人，因为这些无不来自他心灵深处的真情实感。他写的是他的梦、他的憧憬、他的向往，那些久久埋藏在心灵深处的挚爱深情。

我一向以为，情是散文之魂，更是诗的魂灵。爱到深处就是诗！鲁庆写的就是他自己。我觉得，这个集子是记录他情感的诗传，是他心灵的传记。我相信读者会喜欢。

—— 序诗　另一束阳光 ——

这是夕阳西下，也是又一个黎明的开始。

汽笛再次响起，这不是旅途的到站，而是又一次的出征。

曾经用数字和线条描绘蓝图，如今我用文字抒写华章。三十七年前开始的曾经与三十七年后结束的如今，我不知道它们有多少联系。我也不想去追问，我只知道三十七年的风，暖过，也冷过；三十七年的月，圆过，也缺过……我只要未来，未来的天空一定飘浮着我爱的云朵；未来的大地，有高楼的地方也一定有绿地。我一定会再次激情满怀，在一片辽阔中放飞自由的白鸽。

饮尽送别的酒，把再相逢的杯斟满。一杯又一杯，一盏又一盏，喝不完的，是三十多年来对东华的一往情深；饮不尽的，是那大大小小几十个项目中蕴含的风风雨雨，酸甜苦辣……

忘不了啊忘不了！扬子乙烯的阵阵夯声、厦门市场的走街串巷、湄洲湾的朵朵浪花。优秀的东华建筑人与高手博弈，在时光的奔波中，我们总是穿梭于来或去的岁月……那一个个节点、一段段往事，无不铭刻于心，激起感叹。

如今，岁月苍老了容颜，黑发染上了白霜。"三高"的指标，似乎也一直在和美好生活较劲，夹起了红烧肉，又不得已地放下……

可这颗虽老的心，还是一如当年的不安分。偶遇美女从身边走过，还是情不自禁地瞄上一眼，对美的嗜好仍是不减。尽管被岁月的风、时

1

光的雨吹打了很久，依然没有生锈和枯败，反而活得更加通透明白。

　　不能再活成别人眼里所谓的成功，而要为自己心中的阳光，一边追寻，一边享受。这是一束蜕变过的阳光，从另一扇窗里温情地洒进来，照耀着我的余生……

目录

第一辑　城市音符

混　凝　土 / 3

脚　手　架 / 4

塔　　　吊 / 5

焊　　　枪 / 6

基　　　石 / 7

阀　　　门 / 8

季节里的农民工 / 9

黄　　　沙 / 11

强　　　夯 / 12

红　　　砖 / 13

安　全　帽 / 15

桥　　　梁 / 16

隧　　　道 / 17

楼　　　梯 / 19

锅　　　炉 / 20

管　　　廊 / 21

三七灰土 / 22

1

建筑工地上的钢筋工 / 23

城市立交桥 / 24

毛石护坡 / 25

路　　灯 / 26

砍伐春天的樵夫 / 27

挡　　墙 / 28

修路的人 / 29

距　　离 / 30

公园里的风景 / 31

围　　墙 / 32

第二辑　岁月记忆

征　　程 / 35

十　　年 / 37

退 休 证 / 38

有个叫"大厂"的地方 / 39

远　　飞 / 40

宁夏能源基地 / 41

邮　　寄 / 42

微　　笑 / 43

秋天的答案 / 44

一不凑巧 / 45

我一直都在你的身旁 / 46

天气预报 / 47

母亲的拐杖 / 48

父亲的酒杯 / 49

欢迎新同志 / 51

里面和外面 / 52

年末的月 / 53

我们的青年节 / 54

暑　　假 / 55

浣 衣 女 / 56

渐渐老去的大院 / 57

屋前老树 / 59

老　　屋 / 60

那一年的高考 / 62

我的履历表 / 64

我们都在过六一 / 65

六 月 雪 / 66

夏　　钓 / 67

第三辑　四季呢喃

初　　春 / 71

春　　雾 / 72

第 五 季 / 73

蜡　　梅 / 74

秋天的收获 / 75

冬　　　至 ／ 76

初　　　秋 ／ 77

零下五摄氏度的清晨 ／ 78

冬天的雨 ／ 79

匆匆的春天 ／ 80

春　　　夜 ／ 81

春天来了 ／ 82

春风里的追忆 ／ 83

春末夏初的早晨 ／ 84

握手初夏 ／ 85

有风有雨的夏天 ／ 86

夏天的雨 ／ 87

无怨无悔的秋 ／ 88

霜　　　降 ／ 89

立　　　冬 ／ 90

寒　　　潮 ／ 91

小　　　雪 ／ 92

立　　　春 ／ 93

等待的雪，来了 ／ 94

第四辑　思想星火

我想…… ／ 97

走出来，真好 ／ 98

灵　　魂 / 99

妥　　协 / 100

怎能没有…… / 101

在 湖 边 / 102

真　　想 / 103

我迷失的春天 / 104

一片秋叶 / 105

七夕，没有看见鹊桥 / 106

离去的背影 / 107

醒　　来 / 108

我从春天出发 / 109

你想我了吗 / 110

你和我的四季 / 111

昨天的背后 / 112

我错过的春天 / 113

嫉　　妒 / 114

捡起被剪落的花枝 / 115

我 不 要 / 116

我们一同睡了 / 117

嘴上的谎言 / 118

知道…… / 119

真的和假的 / 120

不要太好 / 121

我的心，有多大…… / 122

飞行在空中 / 123

不倒的松 / 124

温　　度 / 125

故　　事 / 126

莫名的风 / 127

冷热无常 / 128

《长津湖》观感 / 129

不 值 得 / 130

迷失的我 / 131

我 说 过 / 132

晨练游思 / 133

平 安 夜 / 134

寻　　梅 / 135

我 不 想 / 136

没有关系 / 137

火　　焰 / 138

风 和 雨 / 139

柳　　絮 / 140

不是你想的那样 / 141

开车随想 / 142

静 夜 思 / 143

更远的远方 / 144

星 空 下 / 145

第五辑　生活哲思

那只手表 / 149

七夕节的锁 / 150

藕　语 / 151

小　舟 / 152

婚　礼 / 153

三 叶 草 / 154

病　房 / 155

病　友 / 156

病　人 / 157

泥　土 / 158

新　生 / 159

平　衡 / 160

门 / 161

舞　台 / 163

宁夏枸杞 / 164

给工厂体检 / 165

牛粪的赞歌 / 167

摔碎的杯子 / 168

山的那边 / 169

鹅　掌 / 170

邮　票 / 171

坍　塌 / 172

拖　鞋 / 173

高 跟 鞋 / 174

简　　单 / 175

其实没有病…… / 176

用时间的刀，把岁月切开 / 177

拐　　弯 / 178

掩盖不了的假 / 179

渐渐淡去的 / 180

点　　赞 / 181

诅　　咒 / 182

界　　线 / 183

黑白照片 / 184

我还不是诗人 / 185

山的随想 / 186

昨　　天 / 187

把拧干的思想打湿 / 188

后记　文学，一直在梦想的远方 / 189

第一辑 城市音符

混凝土

它叫土，却不是土。固化以后，比石头还坚硬。

山涧的碎石，车拉肩扛，在工地的号角声中翻滚流淌；小河的黄沙，在河滩中敞怀，向着遥远的夜空，诉说着那个将要参与建设的未来。

石子和黄沙，似乎并不相干，各自都有自由天空。是它们都共同拥有的那轮太阳，才让它们在阳光下再次灿烂。

大建设的使命，还有那相守一生的缘分，让它们在建筑工人的号角声中得以遇见。

水和水泥是它们和谐结合的媒介，才有了相守终生的固化，让彼此生死相依。不管经历多少宿命的磨难和荷载的碾压，依然不卑不亢，沉默如山，即使再多誓言也换不来在水解和凝固中的永世厮守。

坚如磐石的组合，混凝起来的爱，难道不是城市最美的风景吗？倘若他日，你我相遇在高楼大厦的十字路口，是否也钟情于这碎石和沙的混合？

脚 手 架

　　一根根钢管，在秋风冬雪中列队翘首，坚守着千家万户的平安。

　　钢扣件把它们彼此紧紧连接。单个，瞬间集结成了整体，就像骨骼支撑身体，彩虹支撑苍穹，忠诚支撑起了爱的永恒。你撑着我，我撑着你，撑出了思想的固若金汤。

　　阳光下，风雨中，弹奏着生命音符，让悠扬的歌声在每一个遗忘和想起的角落飘扬。

　　肩膀上架起的跳板平台，是建筑工人坦荡的胸怀，砂浆为墨，砖刀作笔，诗词韵律和建筑框架一同到来。

　　支撑希望，呵护着生灵，平凡的汗水书写着高楼大厦的篇章。

塔　吊

清晨，你挥动巨臂，把太阳从熹微中吊起，让新的一天从灿烂开始。樱树枝头上的栖鸟也开始放歌。

夕阳西下，它站立在城市的那个角落，送走晚霞，把星空下的家园守护。它让花儿歇息，让蝉虫入眠，让世界都进入梦乡。

春去秋来，风吹雨淋，你和建筑一同升高，升到和天齐高。和彩虹彻夜细语，温馨无比。

勇于担当负重，才是你真正的秉性。千斤的沉重，你从不畏惧，在回眸叹息声中，轻轻把秋天提起，满满的收获在空中翻腾、摇荡……

焊　　枪

　　是枪，又不是枪。从不射杀生灵，却焊接新春，连接了昨天的落日和今天的朝阳。

　　枪口喷出的蓝色火焰，带着浓浓的灼热，燃烧了庸朽的旧梦，开启了新的浪漫前程。

　　焊接一根根管道，引长江之水从天上来，入千户，进万家。焊接高空翱翔的飞船火箭，让尘世间的梦想，腾云又驾雾，飞越得更高。

　　焊枪喷出的是火，是激情，更是爱的表白，诉说古老的千年故事，融化了他和她心头的坚冰。从此，人间飘起玫瑰花香，再也没有此岸和彼岸。

基　石

　　一块古老的石头，从尧舜治水的溪流中，从女娲补天的梦乡里，一路走来。没有人懂得曾经的激情和深埋于心的期待。

　　沉默于地下，与老树的根为邻，与芬芳的土为伴。把不规则的生活切割成条形筏板或深桩。形式的每一次改变，都是为了扎进大地，让每一片撑起的天空更加牢固和妖娆；内容的每一次丰富，都是为了看到更高远的河山。身体向天空攀登一次，基石就向地心深入一次，无怨无悔地紧紧握住大地，不忘初心。天空的绚烂和根基的牢固，才是生命的意义，才是此生的追求。

　　承受和背负，是一生的承诺。无论风雨来自何方，基石和大地都在共同守护，让灵魂在一抹悠远中永远挺立。

　　我愿意做一块意象的基石，为了你不倦的追求和世界永久的安宁。

阀　　门

安放在长长的管道中，甘当配角。这是一种精神，这个世界缺少的精神。

有的在高处，高出云朵；有的在低处，低于尘埃；有的大如满月，有的小如指甲，无论大小或高低，它们都坚守着自己的岗位：开启和关闭。循环和通畅，是它们的使命。

关闭时，一边是丰盈，如秋天满仓的稻谷；另一边是干枯，像冬天的荷塘，剩下的仅仅是冷月的寒光。

开启时，如血液流淌，给五脏六腑提供新的营养，让心与心畅通无阻，让生命更加充实。

就这样默默地坚守一角，左手握着历史，右手握着现实。旋转，是为了团结与统一，更好地让世间的事物和谐通达。在开启与闭合间，丈量岁月的漫长。

无所谓记起或忘记，此生的意义都在这里。

季节里的农民工

　　最后一场春雪尚未消融，寒意正浓。村前塘边的老槐树瘦削的身子，在冷风中飘摇。作别田边勤耕的老牛和犁耙，与左邻右舍结伴，踏上南下或北上的绿皮火车——他们出发了，去往那不曾熟悉，却又收藏着他们梦想的远方。

　　繁忙喧嚣的工地，热烈的气氛如同火热的天气。蒸笼般的工棚里，工友们挤卧一起谈天说地。就像工地上那些相互支撑的脚手架，支撑着属于每个人的理想和生活及勤劳的许多理由。每天，他们和太阳一同出现，和月亮一起歇息。他们，为了弹奏城市最美的音乐，用青春的汗水一遍遍洗刷时代的琴弦。

　　稻风谷浪，在春风夏雨的滋润下，渐渐成熟；高楼大厦，在心血的浸泡中，不断升起；在焊枪喷焰、塔吊旋转的工地上，一堵堵红砖高墙，如农民工手中七彩的调色盘，他们总想调出更多的颜色、更美的画卷；一张张纵横交错的钢筋网，就是农民工为那高楼矗立时建起的武装；一斗斗不断被吊起、待浇灌的混凝土，和着农民工的血汗固化了城市坚硬的骨骼。他们用自己的人生诠释着桥梁的意义，愿做无怨无悔的奉献者，甘为人梯。

　　冬天的第一场雪，就这样伴着梅花的香气飘起来。远离家乡的他们，油然生起浓浓的思乡之情。像雪花一样肆无忌惮地在每一个可能到达的角落飘着、洒着。

想起家中年老的父亲母亲，是否依然健康？想起灶膛里的柴火，是否依然旺盛？怎样燃烧着对游子的热切的思念？蹒跚学步的孩儿，是否双眼充满着对爆米花和巧克力的期盼？更是游子对远在他乡的亲人们的万千期盼，期盼比爆米花和巧克力更甜的怀抱。

一遍遍被拉响的汽笛声，已把归家的心再次缠绕、揪紧。他们只有遥望璀璨的星空，把家乡的星星一遍遍寻找，一颗、两颗……

哪一颗才是我们彼此真心依恋的？

黄　沙

　　常常，我怀着万千柔情，就那样悠闲地躺在铺满卵石的河滩上，仰望天空的蓝。有星星闪烁的夜也可以，我会想起关于嫦娥的古老神话，以及那后羿射日的勇猛和织女爱情的缠绵。

　　常常，我不知不觉地醉在那一片辽阔里。河水，在我身上温柔地流过，流过……流经我的胸前和体内，过滤了我多年沉积的尘世陋习，还世界以新的我，干净的我，透明的我，水一样柔软而风情的我。

　　于是，我带着一路的欢笑，吟诵着唐诗宋词，慢慢流淌，流向唯一有梦的远方……

　　有时，我就是那粒无足轻重的沙。在组成城市高楼大厦的万千细胞中，我以细骨料卑微的身份，填充在粗骨料的缝隙之中，填补了石与石之间的缝隙和隔阂，再经过水泥和水的水解、放热、固化，形成了坚如钢铁的骨架，支撑起曾经、现在和未来的城市繁华。

　　我愿意就是这样一粒微不足道的沙子，和一群沙子结伴。组合，重整，堆砌成了千年的城，堆起了人类文明的高度。让生活从此有一份不可或缺的诗意——

　　这世界需要鸟语花香，需要绿叶相伴的美好与安宁。

强　夯

几十吨的重锤，被巨大的手高高举起，悬挂于温暖的风和飘浮的云中。某一个挥手和抬臂间，重锤狠狠地砸下苍茫大地。随着一声轰响，顿时尘土飞扬，烟一样弥漫开来。那些虚假的事物注定经不起验证，在逃离中破碎。

重锤之下，松散的土变得硬实起来。松开的手，又一次牢牢地握紧；相背而行的身影，又一次和谐地重叠。用心的温度，彼此温暖。从此，再也没有距离。

重锤之下，那些阴暗的缝隙和龌龊的背弃，在瞬间被击碎成粉末的原形。过街的老鼠怎么也逃不过百姓的眼睛。世界变得井然有序。

高过头顶的重锤，在我仰望的目光里，灿烂耀眼。重锤积蓄着阳光的能量，静静地等待被召唤；时刻准备着奋不顾身地扑向那充满硝烟的阵地。冲在战场的最前方，永远是重锤不变的初心和坚守的品质。夯实祖国的根基，是永远不变的誓言；砸碎罪恶的毒瘤，是永不更改的决心。

强夯！

红　砖

源自古老的泥土和水的融合，经过岁月的风干和火窑烧烤的技艺，胚胎渐趋成熟。

红面红心，里外始终如一，千年不变。方方正正，棱角分明，是谁倔强的个性？

那么与众不同。

平凡的身躯，在工匠熟练的手中翻来覆去。用砂浆铺垫，一层层，由平凡的个体集结成一个个伟大的整体，描绘着华丽的城市。

可以低调地进千村，入万户，为他们幸福的小窝小巢贡献小小的自己；也可以高傲地穿梭于历史的长河，在沧海桑田里修砌高楼大厦，让每个人的梦想都充满色彩，达到庸碌的人无法达到的高度。

也可以在玫瑰花园中，砌一堵永不倒塌的墙。墙内种满三月的桃树和七月的相守。

也可以在曲径通幽处，铺就朴实的小路。将路过的人送往宁静的远方，或迎接知返的脚步。

从秋天的粮仓中用抱团的身体把丰收看护；冬天的灶台，执意地蜷曲着身躯，用灵魂传递温暖，揣一颗被烤红的心去见证别人风花雪月的故事。

所有的伟大，都是从平凡开始。所有的飞翔，都离不开脚下的路。

城市的繁华，自然也不可掩盖红砖的功劳。

还有红砖一样平凡而伟大的人！

安 全 帽

　　那些红色的、白色的、蓝色的和黄色的，都是生活的颜色，像流动的音符。每天都在火热的工地上跳跃，奏响施工现场最华美的乐章。

　　安全帽，不是为了遮风避雨，也不是为了驱寒保暖，而是为了保护你，为了让你的家永远欢歌笑语，永远和谐安详！

　　和工地上的安全带、安全网一样，具有生命的意义，它们是沸腾工地的"爱心三宝"。从个体呵护到团体保障，从密闭空间的坚守到敞怀空中的栏杆防护，才有了我们的血液自由流淌，身体不易受伤，才有了生命在四季里安心地轮回，才有了梦想在努力中的坚守。

　　安全帽，不是一顶简单的帽子，它注满了朋友的牵挂和亲人的爱。它丈量着生命的长度，决定了生命的宽度。

　　在每一个有可能出现的危险里，我们都必须戴好适合自己的安全帽，这样才可以带着爱和被爱，在赶往远方的路上潇洒前行。

桥　　梁

水面上，波光粼粼，四季的浪花，变幻着彩色的光芒；晨曦中，和风里，钢架铸就的双肩，担着岸堤，让渴望的大地从此少了一道裂隙，多了一条去往远方的坦途，再也没有了此岸和彼岸的遥不可及。荆棘和玫瑰牵起欢喜的手，缩短了黑夜抵达黎明的路程。

高高的，高耸入云的桅杆和密密斜拉的钢索，把原本远距离对峙的两座山拴在了一起。大自然从此多了一份旷古的和谐，人间多了一份美好的统一。东边的阿哥和西边的阿妹不用跋涉太多的爱情山水，也可以两情相依，朝暮厮守……

夜空浩瀚，我想借所有闪烁的星星，在古老的银河边，架起一座光的桥，照亮有情的路，让所有的遇见没有遗憾。重逢的喜悦，足以化解久别的哀愁——

只为了那一刻的温暖，可以等待千年又千年……

桥梁，从来都是一手牵着时空，一手牵着历史；一头担着沧海，一头担着桑田。不论是日出日落，还是花开花谢；不论风里还是雨里，都在默默地坚守。

我也想如此，坚守着幸福，或是让曾经所有的遥望不再是遥望……

隧 道

不论是连绵起伏的山、波涛汹涌的江，还是辽阔无边的海，只要有着不懈的坚持，就没有我们穿越不了的时空。

守着信念，没有哪里不可以抵达……

盾构机用强大的动力，一边承受四周土壤和环绕水力的重压，一边不断奋力挖掘。排土，衬砌，推动。方方寸寸，向着那既定的目标，迈着坚定的步伐，向前，顽强有力地向前……

山背负着山的使命，所有的山必须高昂挺拔，攀登之路连绵不绝；水有着水的愿景，奔腾不息，不舍昼夜；海，无边辽阔，任凭海鸥高翔，闲云游荡。人类的智慧让千年的天堑成为通途，宽广的路伸展在山水腹中。国人的匠心独运，坚守和创新，穿越和搏击，让所有的不可能变成了可能，风雨之后出现了彩虹。

隧道，是一种突破和融合，是一次黑夜抵达黎明的转换，是冬天迈向春天的过渡……

所有的所有，都不适合故步自封。正因为突破了世俗的网，我在墙外的路灯下找到了你，找到了我的梦的落脚点。

为了想要的美好，可以这样沉默地负重前行，给理想以现实，给虚拟以真实。即便在飘雪的冬季，也可以拥有春天的花朵和秋天的果实；即便在无月的夜里，也能找到回家的方向。

　　一切都那么心甘情愿。为了向往的幸福，多少人都在默默地奉献着一生的所有。

楼 梯

　　总是坚守在沉默的一角。无论是富丽的大厦，还是低矮的砖房；不论是钢筋混凝土的组合，还是原始的木头，一旦成为楼梯，就是艺术，都是一级一级，由上上下下的踢面和踏面组成并连接在一起的台阶。每一个向上的人都踩在楼梯上，楼梯生而无悔。

　　多少人，借着人生的楼梯攀登到自己想要的高度，然后沉醉于自己的那个世界。尽管他的世界有时在云里，有时在生活里……

　　又有多少人记得楼梯的功劳？高位的人独自在云雾里游刃有余，早已忘记了来时的路。

　　又有谁，身在高处愿意选择低调地退下，原路退回最初的起点？直到感受从高空跌落的痛，才会让自己惊醒，或仍然心有不甘。

　　云端很美，却也虚幻。登上高峰时，莫忘回首来时的路，常思脚下的方寸。路要一步一步地走，认真地走，脚踏实地地走。踏空的结果不言而喻。

　　楼梯，撑起高尚者更高的希望，也会将好高骛远的虚荣者摔得粉身碎骨。楼梯，一位沉默的英雄——

　　就那样，长年累月，不求歌颂，只愿世界多一些懂得的人……

锅　　炉

是最大的锅，也是最热的炉。以金属的身躯孜孜不倦，时刻吞咽着埋藏于地下千年的煤，让火在腹中燃烧，让水在心中沸腾，让蒸汽从毛孔中升腾——

让人间充满温暖，让生命重塑意义。

在冬的严寒里，也有夏的热情。

与黑相伴，不是耻辱。要让人间冰冷的黑、残酷的黑找准方向，涅槃为爱和美好；让每一个冷却的字词都在时光里跳跃，以生命的最高礼赞奉献人类。

就算身处最低的基层，也能抵达灵魂的高度。以平凡彰显伟大。

管　廊

　　有柱，有梁，就具备了支撑力。角钢和槽钢，在焊枪烈焰的熔铸下，紧密地连成了一体，构成了生命的骨架。

　　如同维系生命的那一根根血脉和经络，在人体内欢快地穿行一样。

　　那些装满着高温液体或高压气体的粗细不同的管道，还有那一排排传递动力和信号的电缆，它们结队成群，在体内穿行，把工厂运行所需的营养和动力送往那一个个生产装置中。工厂的马达运转，机器轰鸣，热火朝天。

　　物料在管道中流淌，来来往往……

　　管廊始终坚守着自己的岗位，任凭产品或原料在它的身体里随意穿梭。只想用自己的身躯默默地支撑着，支撑着……

　　直到岁月苍老了生命，身体在风里腐烂、脱落。

　　选择了奉献的一生，也就是无悔的一生。

三七灰土

这是古老的艺术。在遥远的公元六世纪，就立下这千年的约定。四季轮回，用爱的执着，来传承这生死同心的三和七的比例。

筛分、拌和、摊铺、夯实，是自古以来坚守的约定，是永恒不变的工序流程。

筛分，筛出你我的粗细不同，在大小中求得和谐，求得此生灵与肉的默契。

拌和，拌的不仅是黑的黏土和白的石灰，而是一日相"拌"，就永生相守，就像这人间绝恋。

夯实才是用心之作。把虚的情夯真，真得天地可鉴；把轻的爱夯实，实得密不可分。

无论是南京西善桥的南朝大墓台基，还是北京明代故宫的三大殿台基，都是由三七灰土筑成的最坚硬、稳定的基石。

最为平凡低调的黏土和石灰，它们牵手同心，缔造了无可替代的传奇伟业。它们可与唐诗宋词一样被写进历史，并传诵至今。

建筑工地上的钢筋工

那个衣服上沾满锈迹的身影，有时蹲着，有时站着，有时弓着背，有时弯着腰。尽管怀揣着卑微和平凡，却用钢筋绑扎着城市的伟岸和繁华。

就是这样不断重复，不厌其烦。用细细的铁丝，绑扎粗粗的钢筋。那双灵巧的手，在翻云覆雨间，仿佛在编织着挂满彩虹的远方。

拿起那一圈圈已绑扎成形的钢箍，把横卧的一根根钢筋架起、绑牢，形成跨越岁月长河的大梁，扛起来自各方的重压和负荷。

还是用那钢箍，把一根根钢筋扶起、竖正、扎紧，形成那高入云层的强柱，撑起明日的太阳，让太阳照耀下的天空更加绚丽多姿。

被绑扎的钢筋也常常自语：任凭弯来折去的扭曲，任凭绑东扎西的约束，但我一点都不怀疑自己柔中带刚。也许正是天生的坚强，才让我去绑牢那些柔弱，与之一道坚强，让城市坚强起来，让城市中的所有生命也一道坚强起来……

城市立交桥

　　如蛟龙一般，盘踞在城市的中心地带。日复一日，背负着车水马龙的繁华和喧嚣，总是用长长的手，把散落在四面八方的星星收拢汇聚，用心编织成星河流淌的五彩斑斓。

　　就像生生不息的烟火，从地面升腾，在空中穿越。无畏风雨，笑对冰雪。有时直接连天接地，有时又躬身曲体如虹。只要畅通，甘愿就这样默默无闻。

　　喜欢和高楼大厦比肩接踵，根连着根，一层托着一层。把阻塞化解，让通途不断地向前延伸。似乎也和搭了桥的心脏一样，不管是动脉，还是静脉，血液都因此而通经达脉，让健康的因子在身体内不断地流淌。

　　无论是东边日出西边雨，还是刚刚挥别北面老区的旧貌，又走进南面新城的建造。相信那写满城市建设音符的诗章，一定能把昨日的梦想找到。

　　常常想，要是在你我他之间也建一座互通的桥多好。那么心与心的距离，一定会从天涯的天涯，拉近到咫尺的眼前。心的隔阂，也不再是隔阂。

毛石护坡

从山边，肩挑手拿，把一块块杂乱无章的卵石，捡来组团；在河滩，车拉舟载，把一块块孤礁断岩，收拢建群。就这样，让一个个零散，回归到集体和团队，这何尝不是一种最好的选择？

注入滤除杂质的水，拌上凝心聚力的砂浆，用瓦刀用匠心，把那些七零八落的不规则砌筑，从此，不规则有了规则。这些有了方向有了规则的护坡，成群结队地守护着山河堤岸，就如同由士兵组成的一个个保家卫国的威武方阵，铜墙铁壁。

没有枪林弹雨的硝烟弥漫，只有千磨万击的惊涛拍岸。就这样用宽广裸露的胸膛，挺立着不倒的身躯，抵御风浪，拥抱阳光，让山峰更加挺拔高耸，让河水更加欢快流畅。

这由一块块毛石砌成的一面面护坡，这一加一形成的力量，看似普通，却是强大的基础。有时真的不能忽视，那简单的一加一……

路　灯

就像路灯那样，在你必经的路旁，以坚守的姿势，为了照亮你来去的路，默默地站立着，忘记时间。有时，也会仰望着那遥远的天空，想如星星和月光一样，在夜里以温度和光，呵护你……

我用尽所有的光，只为照亮你四季的路，让夜晚不再是夜晚，每个日子都像有阳光照耀一样亮堂。

就这样沿着路的两旁，延伸到更远的远方——

既是繁华的都市，也是宁静的村庄。给你霓虹的斑斓，也给你宁静的辉煌。

好想，好想点一盏不灭的灯，在你的心上长明。而我，只能沉默于你路过的地方，在岁月中任凭风吹雨打……

砍伐春天的樵夫

在曾经发生过大地震的那个城市，震动，再一次爆发。不是在清晨，而是在子夜。

最黑的时刻，黑暗在嚣张，那些自以为是的樵夫，在恣意妄为地砍伐着森林的身体，春天的禾苗在屠刀下泣血呼喊。

炙热的时空里，烧烤着人性，还有心灵，更有那从远古走来的文明。砍伐的和被砍伐的，留下的岂止是呻吟！

来一场真正的烈焰吧！把那些黑暗中的炙烤，还有挥舞着屠刀的樵夫，彻底赶跑。

让蓝天再次拥有白云，还有鸟鸣。重回没有被玷污的森林。

挡　　墙

总是用重重的身体，屹立在风雨的前面，挡住必须挡住的一切。用坚实不动阻止着背后的不断涌动。用静止的沉默，回应着听不见却骚动不安的呐喊。

"我自岿然不动"，才是职责赋予的最神圣的使命。无论背后承受怎样的压力，水也好，土也罢，都会稳稳地把背挺直，用肩把所有的担当扛起。

在山边，在河畔，经常都能看到。没有粉饰，更没有贴面。就用本质的原色，融入山的巍峨，汇进江河的浪涛。

正是为了获得前面空间的自由，才义无反顾地把挤压空间的所有干扰排除。不管是来自上面的，还是后面的，都会用不变的永恒，阻挡着来自各个方向和角落的不同重压。

回头想想，一个人能够始终如一，像挡墙一样站得直，扛得起，挡得住，其实真的不是件容易的事。

修路的人

　　不同的人，从不同的方向走来，带着不同的使命，只为了修一条相同的路，一条连接你我抵达远方的路……

　　他们用推车、铁锹和时光，运来原本陌生的沙和石。用一粒粒平凡和渺小，共同铺筑紧密相连的伟大和平坦。

　　路，一个多么意味深长的名词啊！

　　如今的路，已不仅仅是用脚走出来的——

　　多少日月的光和季节的霜，和着青春的沙石，嫁接着昨天和明天、历史和未来、迷茫和期待。

　　他们不知道自己可以修出一条怎样的路，也不知道路过的人迈着什么样的步伐，能走多远。他们只知道像路一样，成为铺垫，努力地给你指明方向，并送上一程。

　　修路的人，以修路的方式修补着人间的缺失。

距　离

从我的城市到你的城市，距离不长也不短。其间，如果有根线将彼此牵着，我们是否此生就会不谈分离？如果这头有我深埋的红线，是否就能随时开启，你那头的灯火？

我想让你所有的日子灯火通明。太阳般照亮你的每一寸光阴，让你不再看见和触碰，关于夜和关于夜的黑。

而此时，我们相隔了整个季节。我开关的长线与你照明的灯火，也总是错位。不合时宜的鸟鸣以及反季节的花朵，一不小心就扰乱了你的清梦，让清晨的风与黄昏的云不可逾越。我只能在桥的这头，遥望你固执的背影。我找不到更好的词语形容此时的形单影只——

真正的距离，不是可丈量的数字，而是彼此不能靠近的心。我已靠站，而你继续赶往远方。

公园里的风景

总是那么千篇一律，异曲同工。不是小桥流水，就是曲径通幽。即使是徜徉在新的公园新的风景里，也总感到还在昨日的梦中盘桓。

被镂空的围墙围着，被铁饰的栏杆拦着，就如同那被铁链锁住的美好青春和诗意远方。尽管花红柳绿，水波荡漾，但仍那么扭扭捏捏，真假难辨。

有时，简单的风景才是最好最真的风景。就像那傲然于山顶的一棵孤松，或静卧于急流中的一块卵石。那才是瞬间里藏着的永远，平凡中彰显的伟大。

已经养成了习惯，天天都是这样不断重复，重复行走在公园的风景里。日月在更替，四季在轮回，不知不觉中，我怎么也就成了这风景中的风景呢？就如同那一棵松、一块石……

围　　墙

　　总想把满园的春色关在里面。殊不知美好的事物是不能被轻易按捺和阻挡的。你看那些粉色的花，娇艳地盛开，肆意地芬芳……以及鸟的歌声，她的回眸。

　　有时充盈，有时虚空。无论形态怎样千变万化，时空的河流都不会潮涨潮落，四季也不会因此而不再更替。春花秋月，凉风冬雪。

　　不高不矮的墙，就这样被岁月的青藤爬满身体，怎样也逃不脱一种羁绊。在切割天空的同时，也切割了自己。

　　我日复一日地行走在围墙的里面或外面。在钱锺书笔下的那堵墙中穿梭，走进去，再走出来，体验生活的原味。如果人生总被一堵墙阻隔，而自己又囿于墙的禁锢，那实在是活得枯燥。

　　但围墙，有时也是区分君子和小人的一种方式。我的每一次穿越，都以书生之儒雅，礼貌进退。

第二辑　岁月记忆

征　　程

这是一个夏夜，为十几年的寒窗画上了较为满意的句号。借着月色，启程。向着梦想的岗位，实现人生的理想，体现生命的价值。提着装着《房屋建筑学》《浮士德》《唐璜》的行李箱，在那南湖红船起航的地方，坐上了绿皮火车……

车厢内的乘客，细语中掺杂着各种乡音，终点不一。六十迈的车速，不快也不慢，正适合想象一下未来。火车，走走停停，站台上，有人上车，也有人下车。如同机缘，有来，也有去。

在太阳火热的第二天，我到达了一个像太阳一样火热的城市。从此，土木工程专业的红线系住了"化三院"，并结下了不舍不弃的情缘。

一个叫八公山的地方，我在豆腐的历史里开始寻找生命之味，把每一个白天与黑夜都精心地丈量、设计、打造。

就这样，从梦开始的地方……无论曾经的"化三院"，还是如今的"东华科技"，变换的只是名称，不变的是初心。把那个建设美丽中国的使命，永远扛在肩头，岿然不动。

不论是环保治理、民用建筑、有机化工、无机化工，还是那个来头巨大的煤化工，经历过的一个个项目，就如同生命中奏响的一篇篇乐章，有时如琴声悠扬，溪水潺潺，有时又如黄河怒吼，浪高万丈，最响亮的还是那"众人划桨开大船"的号角声。

　　阳光总在风雨后。踏过的征程，无论是乡间的泥泞小路，还是"复兴号"行驶的南北通途，总有东华的阳光相伴同行。

　　这一路征程啊，谁给予了我力量，让我满怀希望和决心？也许，某一天，我将换乘列车，但一样坚定而勇敢。因为，我心里有一个不曾远去的春天。

十　年

时光匆匆，十年如梦。

十年。我们拼搏在市场的前沿，擂起的战鼓和吹响的号角，催促我们登上，那刚刚扬帆起航的战船。那一只只挽起袖子的臂膀，就如同划桨，并肩挥舞，摇向前。

十年。频繁的加班加点，让我们常常彻夜无眠。中标后的喜悦，一次又一次，让我们激动到了近乎疯狂。办公室不熄的灯火，见证了我们的刻苦钻研。

十年。我们浓墨重彩地书写，书写城市的乐章。一座又一座跳动着城市音符的建筑，让我们共同的理想成真。

十年。我们用时间与热爱，用坚持和奉献，擦亮了光阴，创造了生命的辉煌。

十年后的今天，我们再次相约，在这庐州之魂的大蜀山边，把我们相逢的酒杯斟满，斟满久藏心中的万语千言。尽情畅饮功成身退的人生，畅饮十年后我们再一次欢聚。

十年，十年啊！不短不长，刚好体现了生命的意义。

退 休 证

这是我的退休证，红红的，像那些燃烧过的岁月。

这本退休证和我三十七年前的那本大学毕业证，如此相似，都是国旗一样的红色，都能激起我内心的波澜；又如此不同，一个伴我去上岗，开始真正的青春，并奉献青春；一个挥别战斗过的地方，开始新的历程。

退休证，如此简单的三个字，却涂满了我金色的记忆：三十七个春夏秋冬，数不清的项目里的高炉铁塔，一幢幢高楼别墅，一座座亭台水榭……那么多年的人生况味。

退出的是土木工程，走进的是诗意余生。我把东边的那扇门轻轻地关上，把西面的那扇窗彻底地打开，让眼前的新鲜的空气进来。早晨的霞光和昨天的没什么不一样，依然绚丽多彩，温暖我心。

我把这本红色的退休证和我的毕业证一起，收藏，如封存那些曾经的荣耀。不能作为以后的炫耀，也不能因此而停滞。只要生命的时光还在，我们就没有理由躺平，我们可以创造更多的没有，获得新的生命价值。

我知道，退休证不是结束语，而是暂停键。它在提醒我，稍作休息，整装待发，我们一样有峰要攀，比楼宇高，比庭院美……

有个叫"大厂"的地方

曾经的曾经，紫金山的风，在扬子江的北岸吹起一朵浪花，一朵叫永利铔的浪花。那是最初的"酸"和最早的"碱"，牵手联姻而成的化工厂的浪花。

后来的后来，这朵浪花，又慢慢荡漾起了"南化"和"扬子"这一个又一个大厂的浪潮。这浪潮不断地澎湃，沸腾起了今天中国化工的海洋。从此，这个叫"大厂"的地方，就成了海洋中那艘永远乘风破浪的化工航空母舰。

现在的现在，徐风阵阵。这艘航母，又拉响了启程的汽笛，再次扬起远行千里的风帆，为那远方的五湖四海，输送着各种各样的资源和多彩的阳光。

未来的未来，你带着我，我跟着你，守着初心，带着使命，搭乘着航母和飞船，去摘取那一颗又一颗璀璨的科技之星，让这个叫"大厂"的地方，永远灿烂无比……

远　飞

　　轻轻地抖动久未舒展的翅膀，把春夏秋冬的食粮和行装，一同裹紧，塞进那依然强劲有力的羽翼之中，乘着四季的风，越过那条长长的母亲河，飞往遥远的北方，那是黄河的最北边。

　　初春的风是轻盈湿润的，可这远飞的双翼却是沉重缠绵的……

　　江南的湖边刚刚泛青的柳条，细长飘扬，嫩绿初露，缱绻细语……似乎也在诉说着离别前长长的、怎么也剪不断的心思……

　　这初春暖阳，已经融化了八皖的冰封，大地苏醒了，花红了，叶绿了……可明天的鸟儿要飞走了，要飞往那仍旧寒冷，仍旧没有红花绿叶的北方，在那里独自盘旋飞翔，感受那还没有真正到来的春天！

宁夏能源基地

也许是留念，也许是难舍，那条母亲河，那条奔腾千里的巨龙，在这里，却放慢了汹涌澎湃的节奏，降低了浪花高歌的音调，低调地徜徉着。绵长的身体在这塞外的江南，拐了又拐，弯了又弯，在天地间的田野上，书写出一个大大的"几"字。它似乎在向苍天，向大地，问着那个千年的问题：为什么"千里黄河富宁夏"？

应该感谢，感谢那群具有慧眼的勘察者，在这河流围合成的黄色土地上，在这一马平川的旷野里，让在黑暗里沉睡了上亿年的煤，在某一个黎明的早晨醒来，伴着现代科技的那一轮红日，在转瞬之间诞生了一座不夜之城。

那入天揽月的高炉铁塔，那密如血管的管廊栈桥，在设计者彩笔描绘的蓝图上，在建设者焊枪烈焰的汗水中，孕育并诞生了这钢铁的森林。

这无边的森林，还在建设者的手中不断地茂盛着……

邮　寄

　　一层层，把牛肉的原味不折不扣地牢牢裹紧。我小心翼翼地把绿色的草原包进了牛皮纸中，寄往她在的那个地方——我常常落足的梦乡。八皖的风，让时光也溢满青草和牛羊肉的味道。

　　一次次，把激动的心儿按住，把狂热的欲望压下。我想将所有的可能打包，送到那座阳光永远普照的宫殿。那里，才配得上将我半生封存的侠骨柔情打开，打开我渴望的天长地久。我又怕，我的梦会慢慢地从十指相扣的风景里滑落，溜走……

　　一年年，我把春天的花香连同秋天的谷物打包，统统都寄给火热的夏天，和寒冷的冬天，让年月里只有春天的烂漫和秋天的温暖，让她的生命里只有快乐，再也没有忧伤。

　　我想把草原的辽阔给她，把草原的葱绿给她……

　　而我，只做那匹温顺的马，甘愿任她放牧，随她行走天涯。

微　　笑

　　夜晚在一步一步离去，天空在一点一点明亮。那一弯初冬的月，在枝头的绿叶间，随晨风晃动。若隐若现的样子，如我诗意的时光……

　　原来，你的笑是那弯新月。照亮了龙眠山和山下的龙眠河，还有山中的菊花、河中的秋波。因为你的微微一笑，空气里只有花香和流水的味道，装饰了我的梦。

　　你脸上的花朵和我眼中的花朵都是在心的最深处盛开的。只有繁盛，没有枯败。我只想和你荡起人生的小船，唱着不染尘埃的情歌。歌声从此飘向遥远的山坳……

　　我经年的书桌上堆积的一沓沓诗稿，都储藏着你的微笑。字里行间，都是你的欢声笑语，一波复一波。

　　有你，真好！拥有你的微笑更好，每一寸光阴都在春天里流动。

秋天的答案

城市昏黄的灯火下，我与星星并肩，与月亮牵手。她们都在祈祷着唯一的爱情。

宿命的稻谷，让这个秋天更为丰满；意外的雨点，让不羁的少年渐渐成熟。紧扣的十指再也没有放下的可能。尽管季节已迈向花谢枝残，满目飘零。还有那棵饱经沧桑的老柳树，永远坚守着最后一片叶子，只与沉默的湖水以腹语交流。老柳树似乎忘记了时间，忘记了时间之外的意义。

天空中，银杏将金色的时光抛洒，像一场盛大的婚礼中无怨无悔的宣誓仪式。

我在湖边的风里，把唯一一片妖娆的叶子含在嘴中，然后慢慢地咽下。当我小心翼翼地吐出时，她一定是光阴里艳压群芳的那朵，她一定是开在我心上只为我盛开的那朵，她一定是开了就不会枯萎的命定的那朵——

我已经从春等到秋，她一定不会让我在轮回中再等一回……

一不凑巧

一不凑巧，在十月，我打开了三月的门。

应知何时，绕开了那些红色的花，向孤傲枝头的唯一一片叶子，伸出渴望一生的手——相扣成环，扣成永世最美的风景。

一不凑巧，我和星星在晴朗的夜空中相遇了。我在鹊桥的这头，星星在那头，我们遥遥相望着。我低下从未低过的头，倾听着那头的喃喃低语，想象着牛郎和织女永恒地相守……

一不凑巧，我成了莫名的入侵者。像那滚烫的热流，在没有任何征兆的气候变化里，融化了一块千年的冰，让她成为永远的水，在每一根血管里激荡、回旋和震颤……

一不凑巧，雨水因为遇见了河流，从此有了坚定的走向。漾起的浪花，才是人生最美的渴求。

一不凑巧，我把虚无的梦、飘忽的灵魂筑成了高高屹立的山。山上溪流轻缓，兰草吐香，百鸟争鸣，凤蝶蹁跹，山啊，永不倒塌……

我和你，就是今生宿命的一不凑巧。

我一直都在你的身旁

当太阳拖着疲惫的身躯，从西边的黑云中渐渐退隐，退到山的背后，长夜让黑暗将你围困的时候，请允许我守在你身旁，共同去面对那狂烈的风和黑色的雨，相信只要我们握紧彼此的手，就会迎来一个雨后天晴的早晨。

从那一天，我心里的木船起锚扬帆，向着你的远方开始航行，我就决定像那橹那桨一样听命在你身旁，随你摇荡。永远沿着你航行的方向，为你搏击风浪，坚守正义的力量。

如果真的有一场暴雪突然来临，飞机停航，高速封路，高铁关闭——我愿是一匹汗血宝马，静守在你的身旁。每时每刻为你奋蹄驰骋疆场，无畏无惧。无论任何的冰封雪阻，都挡不住你前行的路，直到永远……

我坚信一定会雪过冰融。待到最美的人间四月，桃红柳绿、芬芳萦梦，我愿意含着春天的第一片绿叶，像含着我一生的荣耀，在你的身旁。看着你目光里的春暖花开，让你品尝春天真正的味道。

在没有污染的世界，追随清新的脚步，才是我生命的全部意义。

天气预报

世间的许多事情是无法预报的。明明天气预报说是一个艳阳高照晴空万里的日子，突然就寒风四起乌云密布，阴冷不断地围绕着迷茫的心打转。可怜的咖喱猫，在黑色的夜里嘶叫着，在绿叶的露滴中寻找着那一粒梦里遗落的怪味豆。

它想把所有的味道，都嚼成时光的甜蜜。

书桌上那本《少年维特之烦恼》积满岁月的尘，而书页里收藏的三瓣玫瑰花的花瓣依然散发着淡淡的清香。对着这份久远的清香，我把晴朗作为愿望许下，许成我一生的愿望。

在以后的生命花园里，在日日走过的母亲河河畔，我渴望所有的叶子都是那么翠绿葱茏，那么鲜活招展；每一朵玫瑰都在风里芬芳，无忧地歌舞……

就算所有的预报都会落空，也希望我祈祷的那一天是准确无误的。

母亲的拐杖

那是新年后一个寒冷的早晨，一条流淌了八十一个春秋的河流，在母亲身体中最重要的那个位置堵塞了……

医生确诊的是脑部梗死！瞬间我感觉生命的一座山坍塌了。大哥召集所有的家人商议如何清除河流的淤积，还原山的生机。

经过各方的努力，母亲终于睁开闭了一天的双眼。但从此，母亲与轮椅和拐杖结缘了。轮椅和拐杖，成了她生活的伴侣，伴她朝夕。

母亲的拐杖是用藤木制成的，为了更加稳当，拐杖的底部嵌有似不锈钢制成的四个脚垫。这是家人们用爱打造的拐杖，它用执着和坚守支撑着母亲无力的身体，让母亲迈着艰难的步伐，一步一步在四季中行走，在四代同堂的阳光里行走，在坚强与不屈中行走……

而真正支撑母亲抗拒病痛，一步步行走的不是这根从不离手的拐杖，而是母亲对父亲近七十年的比地久比天长的爱，对我们后辈的不舍与期待……

我们，是我们！满满的爱才是真正支撑着母亲走得更远的那根拐杖！

父亲的酒杯

　　总是忘不了，忘不了此生喝的第一口酒。记得那是在早年的一个端午，在父亲工作的桐城牯牛背水库。在父亲自斟自饮的杯中，我喝了记忆中的第一口酒。那时还不知道，岁月是什么，却从父亲的杯中，喝出了岁月的芬芳。

　　家的和谐美好，也是在一杯又一杯的浅斟慢饮中，渐渐知晓。如今四世同堂的喜悦，总是能在千杯万盏的酒中品尝到。不管是二锅头的清香，还是茅台酒的酱香。

　　生活的原味，也始终在父亲的酒杯中珍藏。无论是风雨，还是阳光，父亲总是让我们去亲口尝一尝，去认真地明辨，什么是雨露，什么是风霜。

　　父亲常常将酒杯，一会儿端起，一会儿又放下。端起的是一杯杯满满的希望，放下的是一次次饮后的回甘。生活就在这端起和放下的欢笑中，向着诗意的远方流淌。

　　喝过的酒很多，但喝得多而未醉的，就只有父亲在身旁的那场。父亲总是给我胆量，让我勇敢。但给予的勇敢，又岂止是在酒场？

　　父亲的酒杯，有抑也有扬。母亲脑梗住院的那段时光，不短也不长，父亲滴酒未沾，直到母亲出院回家，父亲才又把酒杯斟得满满。

　　如今，已是九十多岁的父亲，每天还是小酒两餐，一餐连着一餐。

阳光灿烂的日子，也在推杯换盏中，每天都在更新。父亲的年岁越来越老，父亲的酒杯越喝越小，父亲的心态越来越年轻。

又到了一年的父亲节，同为父亲的我，再次为父亲把祝愿的酒杯斟满。祝愿父母从这满满的酒杯中，喝出童心不泯，喝出健康快乐。

欢迎新同志

你来了，我却要走了，这是一种必需的顺应。

不息的是流水，不止的是奋斗。后面的浪，一定要高于并覆盖前面的浪，这是事物的规律。

我的掌声传达着欢迎，更传递着祝福和期待。我曾经绘图用的那张板，还有那一米长的丁字尺，浸润着我近四十年的汗水和坚守。留给你们，祝愿你们工作顺利、岁月安稳。

我是幸福的，你们也是。我已从设计的舞台退回看台，欣赏着你们在人生的舞台充分起舞，展现精彩！实现你们的理想，其实也是我未竟的心愿。

交替是感伤的，也是快乐的。月亮下山了，自然就有太阳升起来；树上的花儿凋谢了，就会长出青青的果子。不必挂念，我把未来交付给你们，我放心。我也会迎着夕阳，完善自己的意义。

里面和外面

她在风景的里面，和花儿牵手，和叶子交谈，诉说着那一个又一个秋天里的故事，以及故事里的故事。

我在风景的外面，看着风景，空空的天空，就如同风景里面空空的湖水。空空的天空和空空的湖水，都是生活真实的元素……

她在梦的里面，高高托起西山的夕阳；

我在梦的外面，坐看一次次潮涨潮落。

我渴望她从一场虚设的梦里走出来，成全我的梦。她那每一次不规律的心跳，或悲或喜的泪水，都唤起我快要萎靡的雄心，但也让我在每一次冲锋中偃旗息鼓。

我已把所有的好都留给了她，却还只能在她的外面，因为所有的好都被认为不好。她的梦里珍藏着那么多的美好，又怎能容得下其他呢？

给我腾出一点点，就那么一点点，可好？让我含着这么一点点完成一场我的梦。如果可以，里面和外面，都有我俩的梦……

年末的月

年末的寒霜并不能阻止十五的月亮又一次圆，也是牛年最后一次圆。可是，丝毫没有像牛那样，圆得牛气满满。倒像一个空空的盘子，没有装上我的渴望、我的欢笑。

月在高远的夜空中，只能习惯孤芳自赏。

月的四周，没有浮云，也不见星辰。就连常伴左右的玉兔，今夜也不知躲到了哪里。也许受桂花酒的诱惑，她在找寻可以呵护她的吴刚的路上，不管不顾地留下如同洞穴一样的明月，吹着最后的冷风，在挂着天幕的舞台上形单影只。

就连月亮洒向人间的光也是冰冷如霜。光秃秃的没有叶子的丛林，在寒光的照射下，更显枯败和凄凉。

我想在这最后一个团圆之夜，送一盆炽热的炭火，给远方宫殿里我的嫦娥，让寒冷不再寒冷。尽管温暖有时是短暂的，但可以让团圆之夜的思念，因为有了温暖而飞翔，将思念带到和我一样也在思念的那个人的身旁。

可我举起酒杯，只能与明月对饮。月光里的影子摇摇晃晃，像风里摆动的垂柳，多少话欲言又止……

这腊月十五的月啊，高高挂起，又低低落下，多像高傲的我，低低地守着我不渝的爱情。远远地看着，只愿人长久，共婵娟。

我们的青年节

已经不再是青年了，却还是把白发和皱纹藏在那夕阳的后面，和青年一道，走进了这个属于青年人的节日。

用不再年轻的手，端起越喝越小的酒杯。杯子里斟满的是越品越浓的岁月，也是浓缩了的，已不仅仅是岁月的岁月……

那年，"新民主主义"的浪潮滚滚而来，"反帝反封建"的号角似乎正在召唤，召唤着今天"不忘初心，牢记使命"的我们，去践行那百年前的诺言……

我们这群曾经也是青年的白发未老人就这样，也和今天的青年一道，唱着那首不再年轻的《走进新时代》的歌，放下将要举起的拐杖，阔步行走在通往诗和远方的路上。尽管路上有风有雨，但更有耀眼的旭日和温暖的阳光……

暑　　假

放下肩上那天天都背着的背包，用快乐拾起户外的晴空，和潇洒的雷电并肩，和飘扬的彩云牵手，怀揣着所有的梦想，还有梦中的他和她，走出去。

走出那一页页都写满 X 和 Y 的书本，走出那用勾股定理和牛顿定律也不能求解的方程式，从四十五分钟的时间里走出来，走出那"学好数理化，走遍世界都不怕"的虚幻。

要像那一棵棵树木，在夏日的火热中，走进那无垠的田野和森林，去吐芽，去抽枝，去成长；又要像那一朵朵花蕾，在七月的雨润中，去往那有江河湖海的花园，去吐蕊，去绽放，去芬芳。

暑假，这如火季节中的彩虹，既有走出蓝天的自由，更有融进白云的绚丽。结束了结束，开始了开始。学生的所有升级，都是在这结束和开始的转身中完成的。也同样相信，经过这暑假转身后的更新，新的学年一定会更加硕果累累，繁花似锦……

浣 衣 女

太阳还没有睁眼，就有三三两两结伴、穿红披绿的村妇，用桶状和篮子状的容器，装着透洞的牛仔衣衫和蕾丝的绛裙，轻踩黎明的尾巴，来到这还在睡梦中的溪边河畔，用棒槌慢慢地把浪花唤醒。

嘣嘣的捶打声，也唤醒了孩提时的我，龙眼河河畔的那一个又一个梦想。陪同母亲浣衣时的点点滴滴，便也在时光的隧道中，来回穿梭……似乎那一件件在河滩鹅卵石上晾晒的衣服，也渐渐地在岁月中风干，母亲的那根棒槌，也早已在洗衣机滚筒的旋转中，被彻底甩干和封存。

捶打，搓揉，漂洗……这浣女洗涤的，无论是今天的背影，还是明天的浮躁，都不仅仅是岁月沉淀的尘埃污渍，还是旧的更新和新的启程！

远远地凝视着浣女棒槌的起起落落，我这颗躁动的心也萌生了起起落落的希望。希望所有的躁动都在这浣洗中，随溪水流淌，滤去杂念妄想，静静享受这一份难得的洁净和安宁！

渐渐老去的大院

就像贴在老屋老墙上的那幅老画一样，正在老去的大院，长年累月地蹲守在那条麻石铺就的老街后面，蹲守在那条不深也不浅的巷子尽头。

尽管好久好久没有走进过大院，居住的人也是换了又换，但大院的旧容旧貌似乎总在记忆的梦幻中浮动，有时模糊，有时清晰，就如同儿时的往事，一会儿遥远，一会儿又在眼前。

大院不大也不小，十来户人家，和睦安详。一声报晓的鸡鸣，就会让大院在黎明前醒来；几声看家护院的狗吠，也能让大院的人们在夜晚睡得安宁。日复一日，年复一年，不知不觉中，幼时捉迷藏的我们也都在大院中长大成人，渐渐成了不是太老的老人。

大院的土壤是肥沃的，无论怎样的种子，都会在这里生根发芽，苗壮成长；大院的天空是湛蓝的，那一只只从窝巢中飞出的小鸟，和雄鹰一样，在高高的白云间振翅飞翔。

大院东面的那口老井，不知何时，干涸得已被岁月的风沙填满，但留在老井四周的记忆并没有干涸。那里曾经是我们这一群光腚的伙伴冲澡戏水的天堂，炎炎夏日，也能享受那一刻的清凉，至今都没有忘怀的一份清凉。

还有那棵低矮的梧桐古树，遒劲有力，卧在大院的中央，承载着岁

57

月的风雨和光阴的沧桑。春夏洒满阴凉，秋冬抵御寒霜，默默为大院守护着平安、健康。

昔日大院的街坊邻居，方大妈也好，胡大伯也罢，都跟随着时光的那趟车，一个又一个去了遥远的地方，就连个别曾经一道在大院中游戏的小伙伴，也提前去了那个号称天堂的地方。其实，只要看淡了花开花落，一切都是平常的循环。

城市如同生命有机体一样，在翻新中不断长大。而大院也在默默的蹲守中，渐渐老去。也许在不久后的某一天，大院会在挖掘机和推土机的轰鸣声中成为废墟。

但无论怎样，即使是一堆废墟，我也相信，废墟的上面，一定会盛开最美最艳的花朵。而这花朵，也会成为城市中最耀眼的风景之一。

屋前老树

　　我无从追溯老屋前的那棵老树，是哪位家祖在哪一年哪一季亲手栽下的。就像我对记忆深刻的事物有时却不能还原具体的时间。何况，一棵经历了太多风雨和光阴的老树。

　　这是一棵莲花玉兰，四月的天空下开出的花儿像七月的莲花，我常常被这份高贵、脱俗感动。花败之后的一片片绿叶也总是昂首迎向阳光，傲而不骄，在风里怡然自得地绿着。老树的根深扎地下，像一台养分输送机。一边不断地向地心深处生长，尽情地享受土壤的营养；一边向枝叶输送养分，与进行光合作用的叶子彼此供养。这种和谐的共存方式是值得我们学习和借鉴的，只有相互依存，才可以在时光里老而不枯。

　　小时候，我喜欢抱着老树的粗壮树干，仰望着树上的花、叶和天空，似乎心里就变得充实，有了远方。

　　就这样，老树伴着我长大，庇护着我家几代人的安宁和幸福。不管我们行走多远，都想回来重温旧时的一份纯真和静美。

　　老树，不老，依然如我们的少年。

老　　屋

老屋最初的记忆，就如同什么都没有的天空，除了空白还是空白。只是后来听父母说过，老屋是两间普通的联排平房，是我初来人世的地方。半个多世纪的岁月风霜，早已把最初的老屋定格在了一个叫"清风市"的地方。

老屋，木柱落地，支撑着岁月的艰辛；青砖斗墙，砌筑着生活的平凡；穿枋挑檐，讲述着往事的苦中有甜；灰瓦密铺，遮挡着四季的风雨。老屋坐北朝南，冬暖夏凉，在那个年代，彰显着点滴的端庄和典雅。

老屋东面，隔街相望的，正是在那时也遭受着病痛的桐城文庙。而老屋后面的后面，就是和爷爷同龄的名校桐城中学。后来听街坊邻居说，我是听着桐中的钟声匆匆来世的。

也许是毗邻着桐中，那时老屋的左邻右舍，不少都是出自名校的名师。难忘四十几年前的那次高考，我还独自享受了张致远爷爷的数学辅导。

不知是自幼吹拂了文庙的文风，还是被桐中的铜钟唤醒，从小我就对文字有了特殊的喜好。书架上那些曾经的"禁书"，怎么也禁锢不了我在知识海洋里来回畅游。

那被煤油灯点亮的《十万个为什么》，在一次次"挑灯夜读书，油涸意未已"以后，我才慢慢知晓，原来，路的前面还是路，天的外面还有天。无穷无尽的远方，才是我们一直前行的方向。

老屋已渐渐老去，但老屋跋涉千里的精神从未老去，一直在前方的那个驿站，点燃着不熄的烽火，召唤着我们再次出发，再次前往！

那一年的高考

又到了每年的高考时节，天空中弥漫起了"望子成龙，望女成凤"的七彩云烟。缥缈的云烟中，自然回到了那年的高考。

那是遥远的四十二年前……

那年的考期不是在荷花初绽的六月初夏，而是在骄阳似火的七月酷暑，就连和煦的风中，也带着火的热烈。那不仅仅是考，更是烤。

那是"文革"结束不久后的高考，僧多粥少，竞争的激烈堪比一场奥运赛事。没有电风扇的凉风吹拂，更没有空调带来的凉意。那只有百分之几的录取率，让心情在烈日下也变得炙热。那炙热，至今都难以忘却。

读书破万卷，下笔如有神。古人的训诫，在那年的高考中，确实让我明白了不少。眼前的试题，似乎在曾经的练习本上能够找到。而模拟试卷上的考题和高考真题的巧遇，让我在考场，也能浅浅地微笑。

经历了那一年的高考，我也渐渐知晓：教和学一样重要。其实那时的老师，也都和一届又一届的学生一样，经历着烈焰上一次又一次蒸烤。

记忆会在时间里消耗。有些记忆，现在只能在梦里寻找，寻找把我从课堂送往考场的微笑。那微笑，鼓励的岂止是那一次赴考？更是人生每一次挑战。

有时还真可笑地妄想，把金榜批量生产，让名落孙山不再，让一个个考生都能够手捧想要的金榜，无论是这考，还是那考。

当然，高考不是人生唯一的出路，也不是展现才华的唯一机会。人生的路有千万条，但每一条路都会有高考一般的挑战。

有时，我真的还想再来一次高考，考出新的热情，考出新的愿景。

我的履历表

姓名：龙眠人；性别：糊涂老汉；籍贯：故乡的那条巷……履历表中的所有内容都是真实记录的，学也学不来，更不能更改。

"不忘初心，牢记使命"，是我填写的政治面貌。"大跃进"的三面红旗，记录着出生时曾经困难的年月。而生在红旗下、长在春风里的幸运时光，才是永远的年少记忆。

学堂依然还在六尺巷后面的那个拐弯处，最后的毕业证还没有颁发，所以不知道学历该如何填写，看来真的是学无止境。但白发和皱纹能证明我最后的职称。

自从有了盘古开天、女娲补天，家庭地址就是蓝天下的那一片空旷。那是一片可耕可犁的空旷。工作也就是在耕田犁地的岁月中风雨兼程。笑看稻谷，从翠绿，熟到金黄。

曾经我幼稚地认为，兴趣爱好就是那娇贵的金枝玉叶，娇贵得禁不起风。后来才知道，身体强壮才应该是真正的本钱。要强壮得能扛起，扛起别人扛不起的大风大浪。

真想把书架上那十几本荣誉证书逐一填写在奖惩栏中。后来想想，还是低调为好。其实最重要的还是，在身体状况一栏填上"健康"二字。

我们都在过六一

你在过六一，我也在过六一。你过的是这一天，我过的是这一年。

这不是故弄玄虚，而是岁月留下的印迹，就像人生的标点和符号，一个是属于外孙的，另一个是属于外公的。

把零乱的华发梳理整齐，把腰板挺直。换上那件平时不太敢穿的红色 T 恤，牵起外孙的小手，哼起找不着调的儿歌，和他一起走进这属于儿童的六一。

翻箱倒柜，那年六一节妈妈珍藏的红领巾，终于从箱底被翻出。用未老的双手，把红领巾系在外孙稚嫩的胸前，让红红的脸蛋更加红润，就如同那轮正在升起的红日。红日的下面，我似乎也看到了自己未泯的童心。

一直以为，只要心还没有皱纹，那么童心就一定还属于我们。但后来想想，有没有童心，一点都不重要。只要保持着糊涂和开心，每天还能够饮三杯两盏淡酒，想没有童心，都是件难事！

六 月 雪

即使在炎热的六月，也会有一场最美的雪。飘飘洒洒，用一层洁白覆盖着另一层洁白。不是在北国，也不是在南疆。江淮的风，八皖的雨，正把岁月燃得火热，就连冰冷的她也不再冰冷。

无论是欢迎，还是拒绝，款款而来的，一定是《安徒生童话》里的童话世界，有红色的城堡，还有白色的雪。

真想骑上那匹奔跑的白驹，去把那束盛开的满天星寻找，就如同，驾驭这杂乱的字句，一行行，把美好的诗章拼贴成稿。

夏　　钓

　　无须闹铃提醒，一定会早早地起床。提起钓竿，把晨光背上。去赶赴，赶赴那夏天最热的约会。

　　把开心做成饵料，挂上钓钩。把快乐抓牢，放进篓中。被晒黑的皮肤，显示着健康。鲫来鲤往，还有那美味的河鲜大餐。

　　无所畏惧，就是要挑战。挑战这最热的天，以及检验意志是否依然坚强。汗湿的衣裳，给出了最好的答案。

　　夕阳尚未西下，把钓起的另一束阳光，放入夏天收藏，让灿烂归于灿烂。而浪花，永远是一浪高过一浪。

第三辑　四季呢喃

初　春

一夜的冷风，吹走绿叶背面的阳光。迎春的梅花也按下暂停键，延迟原定的花期。树林里嬉闹的鸟儿压低声音，不敢大肆狂喜，因为离它们的乐园，还有一步之遥。

只有那一湖春水，盈满天空的净蓝，不悲不喜，始终默守着自己的心思。两只醋意正浓的鸳鸯，似乎知晓湖面在平静之下隐藏着的故事，用粉红色的双脚，顽皮地划动微漾的湖面，让湖水的波纹瞬间有了打开和闭合的律动，有了季节难以按捺的热情。

岸上的那棵老柳树，也在一夜间冒出新芽，毛茸茸的芽泛着初生的嫩黄。就在脚下松软的泥土里，也能找到生命的种子。关于春天，关于重生，它们都有着和我一样的向往。

细雨轻寒。我在意外的冷战中抱紧自己。我庆幸，我日日期盼的春天来了，我又可以像花一样开放，像河一样奔赴……

春　雾

　　雾，那么多、那么多细微得不能再细微的水滴和冰晶，构成了春天的神话世界。若隐若现，像你的影子……

　　就这样肆意地弥漫着，无色，无味，无形，却是无处不在；就这样随心所欲地飘荡着，像云，像烟，像你的霓裳轻舞。

　　就这样轻柔地包裹着我及我所能包裹的一切。我愿意让我整个的春，都在你的怀抱中，被你朦胧，被你洇湿。

　　我知道，你这春天的雾，就是再浓，只要太阳出来了，也会慢慢散去。而那团久锁于我心中的迷雾是无边的海，需要怎样的彩云才能把它驱散呢？我是否要等待一轮梦里的红日来消散关于你的记忆？

　　都说云开雾散，如果云真的开了，那些雾都会散去吗？

第 五 季

一年只有四季。而我一不小心，似乎就跌跌撞撞地走进了第五个季节。

第五个季节，浓缩了春夏秋冬里的所有夜晚，也储存了春夏秋冬四季里的所有伤痛。没有了温暖的太阳，只有连绵不绝的淫雨霏霏、寒风阵阵。

第五个季节，值得想念的人，越来越少。那花枝招展的彩蝶，一夜间也都飞往了不是远方的远方。

第五个季节，绿意盎然的茂密丛林，被狂风暴雨如施了咒语般地吹扫，残叶凋零遍地，只剩下光秃秃的枝杈，畏缩着伸向那灰色的天空。

恍惚中，想起那曾经拥有的四季：春天的风、夏天的雨、秋天的阳光和冬天的飘雪……

真想抓住天空那朵刚刚飘走的祥云，轻轻问一声：这诗意一样的日子，难道只能在诗一样的梦幻中才能遇见？

即使遇见，也一样会错过。其实，美丽的事物从来都是最不真实的……

我又将从第五季退回属于我的四季，寻找我要的蝴蝶和远方。

蜡　　梅

在最冷的季节，独自傲然开放。开在没有叶子的枝上，似乎已不需要绿叶的陪伴。

夜晚被冰封着，梅花用火红温暖时光；飘雪的早晨，梅花用鹅黄增色。人生，任何时候都别认输。认输，你就真的输了。

尽管没有牡丹的高贵，但有牡丹没有的高洁；尽管没有玫瑰的艳丽，但有比玫瑰更诱人的暗香。用微小的花朵装饰雪季，用高雅的朴素装点人生。

当春天来临的时候，梅花会优雅地向叶子告别，把温暖和春风留给叶子。情愿自己化作那泥土，守护着更好的叶子。沉默，是梅花最深刻的语言。它需要勇敢与寒冷搏斗，才会迎来枝叶繁茂的春天。

没有哪一朵花不需要陪伴。只是，梅花想让它的叶子成为独立的风景。

雪夜独寻，突然的清香萦怀竟让我羞愧于自己的狭隘。

秋天的收获

那一年，《一不凑巧》和《邮寄》这两章散文小诗，真的一不凑巧，我把它们邮寄给了《同步悦读》。从此，多少心底温情的话语，有了一个倾诉的对象；多少载满激昂文字的小舟，有了停靠的港湾。

这一年秋意正浓的时节，我随同我们"同步家族"的一叶叶小舟，乘着收获的浪潮，来到这江边古城安庆，收获这稻谷金黄的秋天。

是啊，黄梅山庄内石楠老师关于文创的话语，暖意融融；迎江寺、振风塔的钟声，在"同步"奏响乐章；独秀园中金桂和银桂竞相开放，馥郁的香气缭绕着"同步"的诗声琅琅，还有那对海子的追忆，情思悠悠。

听到的，都是笑声和酒杯在宜城秋风中的碰撞声；看到的，都是文字和诗意在金秋阳光下的灿烂。置身于这样一个个激动人心的场景中，怎能不让人放声歌唱？一首七绝从我心底情不自禁地流出……

金秋时节聚宜城，旧友新朋笑语迎。

你我缘生同阅读，篇章里面觅庖丁。

我们"同步"今天收获的是秋季，我们"同步"明天更要收获四季，一定还要收获，收获那所有的四季！

冬　至

　　就像不小心触碰了某一个按钮，带来了一夜的漫长。但过了今夜，白天就会比黑夜长久，我就可以在暖暖的阳光下慵懒。早起的光芒，把早醒的大地一寸寸普照；黑夜中的那颗心也会被照亮，将一天比一天灿烂。

　　冬至大如年。盛上一碗热气腾腾的水饺，给父母端上。敬为皮，孝为馅，感恩就是那浓浓的汤。感恩的心如同冬至的节气一样，年年复年年，不变地继续着；代代复代代，不变地传承着。

　　期盼中的雪没有落下来，却在万物的根部，把美好一层层升起，升到地表的时候，春天就来了，就能遇见我所爱的绿色。

　　冬至，我在枯萎中感受着新生，龟裂的只是记忆。

初　　秋

秋天来了，紧跟着那一场叫"烟花"的台风，从夏天的身后来了。

尽管是初秋，但风已不再炽热，变得残酷了，把曾经枝头上骄傲的叶子吹落，吹落到洒满不知是月光还是星光的林中小道上，就像那成熟的稻谷一样，由绿色渐渐变成了金黄。

那穿着红色马甲的身影，穿梭在季节的时光中，是园丁还是环卫工人？那曾经修剪枝叶的双手，今天却拿起了扫帚，把那首和叶子一样飘落的诗，一字一句地扫进了空空的簸箕里，投入那《未名诗刊》的绿色邮箱……

其实，无论是诗意还是画境，这秋天所有的心愿，都是和四月的春天一样，想用这五彩的调色盘，去涂满莫奈和凡·高的画板，让西方的睡莲和向日葵，在这东方的天空下，同时绽放！

零下五摄氏度的清晨

温度就如同前几日的股市行情，跌了又跌，已经跌破了冰点。

零下五摄氏度。清晨的风一阵强过一阵，似乎想要把一切生机都冻结成冰，让日子不再有生机。

路边沟槽里的流水，已不再流淌。一层薄薄的冰就像枷锁一样，把平时欢快低吟的浅水围困，让活水不再是活水。

曾经绿意盎然的树林，因寒冷侵袭而偃旗息鼓了，守着孤苦伶仃的枝杈，秃头秃脑地站立在寒意料峭的风中。就连败落下的一片片叶子，也被冷风吹扫得无踪无迹，如同失恋的男人，守着孤独的天空。

因为有了羽毛的呵护，雀鸟丝毫不畏寒怕冷，而是雌雄相戏，在枝头梢间打闹，飞来飞去，叽叽喳喳地诉说着，诉说着只有它们自己才能听懂的甜言蜜语。

让人感到暖意的，是那太阳渐渐升起的东方。天空像燃烧的火一样，把长夜带来的寒冷驱赶，让暖意回到冰冷的心头。我想轻声地问一句：那颗黯淡的心也会因此而灿烂吗？

世界不语，只有风绕过我的身旁，拍了拍肩膀，我还是不知道答案。脚下的路一如往常，孤傲地伸向我不知道的远方。

冬天的雨

淅淅沥沥下了一夜。带着寒，携着冷，把夜的长度拉长。七点钟的早晨，披上蒙蒙夜色——

冬天的雨，洋洋洒洒地飘落在枯败得没有了脾气的草坪上，它想把草坪下冬眠的生灵唤醒。

冬天的雨，循规蹈矩，不张扬，不卑亢。有时，邀请雪花，以飞舞的身姿，款款而来。

冬天的雨，干干净净、利利索索，如爱恨分明的那个人，潇洒地向冬天的大地铺展，从来都是真实的自我。

冬天的雨，带着柔情的问候，轻轻地敲打着我案前的窗，滴答滴答，如同远方呼唤的旋律，声声入心。我也就情不自禁地从心底流出滴答之声。

匆匆的春天

冬天的寒意刚刚退去，夏天的暑热似乎就匆匆来临。庐城，这不南不北的地方，春天在冬天和夏天的夹缝中喘息，短暂得不能再短暂。

白玉兰的叶片刚刚挂满树梢，尚未向乍到的春天展示一下玉洁的身体，就被一夜的风无力地吹落，满地残花便是冬的悲凉。

那一直被尊称为"花中贵妃"的海棠，前几日还是青芽初露，不想才经过几番暖阳的呵护，今天就已红肥绿瘦，易安居士的妙笔都还未提起，"贵妃"就魅力四射地出浴了。

都说人间最美四月天，可是这个春天的美呢？我们的手里还没有抓住想要抓住的美。只有岸边春柳，深低着头，裁剪的绿丝独自忧伤地摆动宿命的无奈。而那些鸭子不悲不喜地在春水之中，拨动红掌，自在快乐，无所谓春天的深浅。

春天太过匆匆。既然我们无法抓住时间，那就珍惜每一个美好的瞬间。也只有这样，我们才能享受那存在于瞬间的一个又一个美好……不论花期长短，真诚的盛开本身就是弥足珍贵的。

春　夜

喜欢春天，更喜欢春天的夜晚。

春夜的时光，不短也不长，不论卷尺如何丈量，也量不出有她的那些光阴无限到什么地方。

春夜的风雨，不大也不小，樱花盛开，柳絮飞扬。流淌甘泉的河床，浪花不急也不缓，正好从上游到下游，然后流进一个人的梦里。

春夜的星空，不明也不暗。无论双眼凝视和远望多久，都不会改变她优雅的模样。等浮云轻轻散去，远在天边的她，伴着月色，在岸上浅吟低唱。

春夜的梦，虚幻得那么恰到好处。尽管有剪不断理还乱的难舍，但最终还是在缠绵后的远方醒来。

春夜的路，有时也是十分漫长。那些说不清道不明的遐思，在等待中变得绵长。

春夜的风和风里的味道，让梦里的人醒着，让醒着的人梦着。我踏过了蓝桥，拍遍了栏杆，只为我有过的痴狂和期待的月亮，我想把美好的旅程一寸寸怀想。

春天的夜晚，到底是怎样一种感觉？我还没有找到确切的答案，只是偶尔听到落花的长叹。

春天来了

似乎在转瞬之间，夜，不再黑得那么漫长了；冷风变得宜人、温暖；湖边金黄的柳条穿上了青色的外衣；枝头栖居的雀鸟，也离了冬日的窝巢，欢快地拍打着羽翼，在叽叽喳喳的言语声中，似乎告诉人们春天来了。

在一夜之间，旧貌就这样换了新颜。昨日还那么苍老的面容，今天就变得丰满红润起来了；那片森林后面的余晖，也在安静了很久很久的心田，荡漾起了阵阵春的涟漪。

这不断漾起的浪花，也轻轻地摇动着那窖藏了很久的浪漫，难道那颗渐渐老去的春心也跟随着这春天的步伐回来了吗？

春风里的追忆

尧渡河的水，依山蜿蜒，千年的初心未变，始终流淌着那闪耀着历史波澜的朵朵浪花，那就是我们尧爷，在降伏了滔天洪水后，于溪头河尾开出的永不凋谢的春花。

舜耕山的风，傍水而歌，万古的使命传承，传来了那愚公移山，凿道开渠的号角声。你的舜父，率领乡邻众亲，挥臂躬身为公，流汗洒血为民，阵阵心声感天动地。

轻轻地踩踏着印刻着岁月风霜的石级，一步一回头，一步一张望，似乎在寻找那盘亘古今的身影……慢慢地，我们拾级而上，走进了连接着远古和今天的山林，也似乎慢慢地翻开了那历史的长卷，诵读那女娲补天、大禹治水的诗章……

那一篇篇古风新韵的诗章，伴着鸟鸣，在春风中吟诵。恍惚间，大禹治水的豪情，也在今天的我们心中激荡，永远激励着我们，要用那一滴滴平凡的水，汹涌出历史长河中的伟大，还有那伟大中，持久而沉默的平凡……

春末夏初的早晨

天还没有完全亮，星星依然镶嵌在黎明前的夜空中。来自公众号"安徽诗歌·每日好诗"的微信提醒声，如同闹钟一样，在耳边准时响起，唤醒了有时在梦里，有时又在梦外的我……于是，就像那林中叽叽喳喳欢快雀跃的小鸟一样，抖动着沾了露水的羽翼，带着年轻人才有的精气神，起床了……

在每天都走过的那条道上漫步前行，有时也跟随着不知名的"跑团"，一路小跑……就这样，每天都行走在那美得如同油画的路上。

伫立在那依水而生的绿草红枫后面，近观远看那渐渐有了温度的湖水，慢慢欣赏着不断漾起的一朵朵浪花，不知不觉中，我这颗平静的心，也渐渐涌动起了波澜……

随意地倚靠着微微拱起的桥头，昨天在桥的那头，今天在桥的这头，明天会在桥的哪头？水汽朦胧中，我轻声哼唱着闽南语歌曲《爱拼才会赢》，那激昂优美的词曲，把我又带回到曾经荡漾着湄洲湾浪花的峥嵘岁月，那永远都有着诗意和远方的地方……

感谢春天带着不舍，带着人间最美的四月，伴着桃红柳绿，谢幕而去；欢迎夏天大胆地撩开五月的面纱，不再深藏那荷塘的月色，让所有的花，都毫不羞涩地开放。

相信那些不再青春的青春，也一定会在四季的阳光里，永远灿烂，这春末夏初的每一个早晨，也都会享有不一样的光芒……

握手初夏

暮春的晚霞，随着那最后一缕绛红色的夕阳，慢慢沉落到最西边那座山的背后。

初夏的晨曦，也会伴着青年节后的黎明，透过梦的窗帘，把睡梦中的人，从桃红色的梦中唤醒！

已经不再是"春眠不觉晓"了。太阳一天比一天醒得早，伸伸懒腰，轻揉睡眼，把黑色的夜轻轻地赶跑。

枝头的雀鸟，轻轻拍打着羽翼，离开窝巢，争抢着成为一天的先行者。

那一湖冷的水，渐渐有了温度。浅水芦草丛中栖息的鱼儿也已醒来，摆动着鳍尾，向湖心游去，漾起浪花一朵又一朵……

握手初夏，心情和阳光一样晴朗……

有风有雨的夏天

初夏的风是湿润的，在湿湿的天空中自由自在地吹拂着……

那颗潮湿的心，也静静地躲在雨的后面，凝视着雨中的人，还有那雨中挥之不去的忧伤……

尽管雨后也有初晴，但雨后的彩虹仅仅是短暂的若隐若现，转眼即逝，留下的仍然是空空的欢喜，还有那满满的失落……

五月的荷塘，那碧玉一般绿色的叶子，骄傲地浮在水上，那从不低下的头，仰望着天，似乎在不停地呼着风，唤着雨……想让整个四季都浸泡在夏天的雨中！

唯有那棵斜卧在荷塘边的老柳，伸展着刻满深深皱纹的树干，在诉说着岁月的沧桑。就在这皱纹的缝隙中，却新生出一条条新绿。这一条条新绿，在风中，在雨中，欣欣地摇摆着、跳跃着，似乎也在向塘中的那片荷叶吟诵着，吟诵着那"千磨万击还坚劲，任尔东西南北风"的经典诗句。

是啊，心中的那盏灯，那盏照耀远方梦想的灯，要怎样的风、怎样的雨，才能将它熄灭呢？也许，永远都没有，没有！

夏天的雨

夏天不仅仅骄阳似火，让人沸腾，夏天也常常有丝丝悠长的雨，带着万千柔情，让人春心萌动，秋思缠绵。

小时候，常听老人们说，夏天的雨下一场，天就热一截；而秋天的雨下一场，天就凉一截。可今年夏天的雨，已经反反复复下了很久很久，夏天的火热为什么还没有来临呢？也许，也许是那夏雨的真心还不够热烈，所以才没有换来夏天的火热。

在夏日每一个有雨的早晨，我都喜欢在这被雨水浸透了的路上散步。有雨水的路面，就像一面清晰的镜子，能倒映出天空的苍茫，慢慢行走在这路上，如同漫步在那高高的云层中……是啊，低调有时也能在瞬间高调起来。

只要雨不是很大，我都不愿撑起那把比天空还要蓝的伞。喜欢独自一人被雨淋湿的感觉，那细雨轻拂面颊的凉爽，舒适得如同被冬日暖阳抚摸的阵阵温暖；更喜欢不知是雨水还是汗水湿透衣衫的那难以求解的浪漫。

有句俗语"春雨贵如油"，可我还是更喜欢这既充满着诗情画意又能浸润心田的夏雨。

夏雨是春播的延续，更是秋收的前奏……

无怨无悔的秋

没有春的浪漫，姹紫嫣红，用最美装扮着最美。而我却用金黄的灿烂收藏着收藏。用稻穗的弯腰低头，来张扬我成熟的骄傲。

没有夏的热情似火，想用燃烧来燃烧一切，用高温炙烤来融化渐已冰冷的心。而我却用如水的柔情，来缠绵那剪不断理还乱的千年缱绻。

没有冬的雪花飞舞，红梅在林中静静独秀，而我却始终如一，用佳节的那一轮明月，映照着千家万户的一张张团圆的笑脸。

是啊，秋山秋水、秋林秋叶……这一个个秋意浓重的标点和字符，诗意地书写着，书写着这瓜果飘香的秋，一遍又一遍地吟诵着，吟诵着这无怨无悔的秋……

霜　降

迎来送往的，不一定是冬和秋。

在你还没有到来的时候，我就感觉到你已经到来，覆盖这刚刚还沉浸在温暖如春中的身心。这彻骨的寒从热的心头开始，然后遍布全身。

这是一种胜过冬寒的寒，冰结了心，冻凝了血，让全身似乎失去了热度，如同麻木了一样。毫无目的地在凛凛冷风中行走，行走在林中满地都是飘零落叶的霜冻的小路上。

只有那迟来的秋桂，低调地用米粒般的金色和银光，吐着馥郁的香气，才让这不应该寒冷的节气，有了丝丝的温暖，有了让心温暖的温暖。

也许，在你之后的下一个节气，会有改曲换调的精彩。那晶莹剔透的世界，总是装满童年的梦想。圣诞老人送来的礼物，一定都是温暖的，尽管那是一年中最冷的季节。

立　冬

这也许，也许就是一种仪式，或是自然界中最自然的告白……用最狂的风、最斜的雨，还有那洒落满地的金黄，来宣告，宣告秋的离去，冬的到来。

没有送别的话语，也没有欢迎的致辞，季节就在这风吹雨打中完成了交替和轮回，如同人生的四季，从青春年少到夕阳无限好。

冬，虽然承受着冰天雪地的寒冷，但对秋总是一往情深，不离不弃，就这样用宽广无比的胸怀，把秋的收获深深地储藏，想把那所有的收获，都储存到地久天长。

其实，我是不太喜欢春的浪漫和夏的火热。我喜欢这刚刚到来的冬，喜欢这洁白季节的那份遥远。细细一想，那些遥远的遥远，其实离我们还真的不太远。

寒　　潮

似乎早就有了约定，寒潮和立冬不期而遇，冬来了，寒潮也来了。

侵袭的不是南方的这里和北方的那里，而是长城内外，江河两岸。仿佛在一夜间，温度就像上周的股指一样，跌了又跌，跌到了冰点。冷却了天地，也会让那颗刚刚温暖起来的心变得冷却吗？

再凶狂，也阻止不了一如既往晨练的步伐。顶风行走在冷风里，冒寒奔跑在寒意中。心跳，加速了；血液，沸腾了；身体，温暖了……顷刻间，寒冷也不再寒冷了。

是啊！调整自己，武装自己，强大自己。做好了这一切，即使再猛烈的寒潮来袭，那又算得了什么呢？

小　雪

就如同立冬带来了寒潮一样，小雪来了，再一次把寒潮带来了。风，在开始传达刺骨使命的同时，也在尽情地彰显着不是威武的威武，不愿示弱。

那高大骄傲的梧桐，曾经枝繁叶茂，用葱绿和宽广包容着夏天的火热，如今却林间苍茫，俯首看着地上的一片金黄。

唯有那乌桕树还在顽强地坚守，继续用五彩的笔，在五彩的枝头树梢，描绘着冬日后的那个春天，尽管冬天刚刚来，等待也刚刚开始。

温度已经跌破了冰点，那不再泛绿的草，被白白的浓霜欺压着，忍气吞声。只能远远地观望着湖面上升腾起的袅袅烟气，其实，那才是昨天温暖的持续。

四季轮回，冷热如常。真正的不变，应该是我们这颗怀揣温暖的心，心温暖了，天地也就温暖了。

立　春

苦苦挣扎了很久，才挣脱了冬的捆绑。携带着裸露的枝丫上渐开的梅苞，还有湖边轻轻摇曳着的金色柳条，在摇晃着的等待中，春终于来了。

没有和等待中的那几场雪结伴而来，而是和这连绵多日的凄风苦雨，前后脚地登台。那被诗人们赞美的春光无限，依然没有看见。今天还是今天，似乎和昨日的冬没有什么区别，寒冷的风，还在不停地吹，丝毫没有示弱。

很多事物并没有想象中那样美好，如同立春。世间的万事万物，有时想得很好，但收获的愉悦往往不像预期那样。这也许就是不是规律的规律。说到底，只有那一江春水向东流，才是真正的道理。

我们有时真的不必，不必把美好寄托于某年某月的某个时刻。那瞬间的时刻，怎么能够记录光阴的漫长和过程的美好？就如同一个人的梦想只是一个人的，只有许多人的许多梦想，才能交织成我们共同的理想。

因此，我始终相信，只要心中存有春天的那一束阳光就好，至于春天什么时候到来，真的不是很重要。

等待的雪，来了

　　就像等待多年未见的那场遇见一样，大家都在等待着，等待着《安徒生童话》里那个银装素裹的世界降临，还有在那个红色城堡中，白雪公主和她的王子，乘坐着系有铃铛的马车，在铃声中一路踏雪而来。结果等来的，却是那七个小矮人的虚幻身影……

　　春运的繁忙，交通的拥堵，难道不仅仅在人间，天上也是如此吗？那微弱的阳光，躲在不断堆积的浓云后面，就像永远不会变绿的红灯，一次又一次把那等待的雪，拦阻在鹊桥的那一边，让相逢的希望在等待中成了失望。

　　雪又要来了！预报了一次又一次，等待了一回又一回。结果等来的，是约好了的除夕团圆饭和年初一的饺子，还有那立春之日的片刻阳光。唯独那说好了要来的雪，就如同深藏闺房痴情守候的怨女，思郎未见郎。等来的，还是那落空了的一声声哀叹……

　　已经不再等待了！雪却在梦里梦外都是梦的那个早晨，在窗帘的后面突然来临了。那么意外，意外得已没有了意外。眼前的一切，除了白还是白。白了天白了地，似乎人的心情和思绪也都冻结成了冰天雪地的空白……

第四辑 思想星火

我想……

　　突然间，想写关于爱的文字，恰似瞬间打开的那扇关闭多年的门。我想给雪地里那朵冷艳的玫瑰披上温暖的外衣。就算我的手指再次被扎满针眼，流出忧伤的红，就算已是夕阳西下，我也想满天是彩虹。

　　梦想被一场意外的风吹醒的瞬间，我想十二月的山上，开满四月的映山红。满山遍野都是勤劳的蜜蜂。它们一边采花，一边诉说着花粉的意义。

　　我渴望那冰封的河流，也能为我涓涓流淌，去浇灌那片等待着灌溉的心田，让龟裂的土地重现生机。

　　我想，在你的目光里能找出我的样子，正如我的心事都写在我想你时的目光里。

走出来，真好

从梦里走到梦外，真好。

虚无的世界，看到的都是虚无。我宁愿面对现实世界里的那些现实，尽管有时是被欺骗的现实！

从彩色的岁月中走出来，回到我热爱的黑白年代，那些年的回忆真好。我仿佛又在拥抱着那朵开在我怀里的玫瑰，甜甜地幸福。

走出多姿多彩的诱惑，一切都重现日和夜的分明，真好。男人做回了男人，女人也做回了女人。我做回了我，那个无比快乐的我。

从聪明中走出来，活得糊涂一点，真好。精准得不能再精准的医疗设备，发现了我们身体中许多不是病的病。其实，我们带着这些病，只要快乐地活着，就能活到很老很老。病有时是自己给的，譬如思想，譬如欲望……

我从坚守了几十年的岗位中走出来，进入夕阳红的微信群，真好。余热再发挥，也许能更好地发挥。且含饴弄孙的天伦之乐，意义丝毫都不会减少。

从昨天的四季中走出来，真好。开始我的今天和明天，一切都是新的。新的河流流淌着我新的体会，新的雪花装点着我新的机遇，新的手表计算着新的时间……

我坚信新一轮日出的光芒，一定会比昨天的更灿烂！

灵　魂

　　叶子是树的灵魂。没有叶子的时候，那树上裸露的枝杈，就成为树的灵魂。

　　流干了眼泪的爱，还有那沥干最后一滴血的躯体，只有灵魂还活着。

　　寒风四起，没有了桃红柳绿，也没有了荷莲出淤泥。落叶是秋的灵魂，雪花是冬的灵魂。而我的灵魂在天空的蔚蓝里俯视着辽阔的大地。

　　没有了森林的远山，没有了流水的河床，天地荒凉得只剩下灵魂。

　　灵魂，是必守的坚贞。

妥　协

　　妥协，是生活的拐弯。有时，也是一种制胜的方式，是让步后的前进和提升。

　　"退一步则海阔天空"，貌似是在为自己的妥协寻找理由，但又确实是恰当的理由。

　　大山巍峨，却在狂风暴雨中始终保持着沉默，这是大山对风雨的妥协。如果我们把历经风雨当作勇敢的洗礼，当作自己成长的一次考验，这又何尝不是一种优雅的妥协呢？

　　滚滚长江，滔滔不息。正是因为有了前浪的妥协让步，才有了之后一浪高过一浪的汹涌向前，才有了一江春水向东流的壮阔！

　　有时，我们可以把生活中那口想高呼的怨气，妥协地咽下。咽下了，世界也就纯粹了，简单了，正如那句："忍得一时之气，免得百年之忧。"

　　妥协，有时不是懦弱，是一个人辽阔的胸襟，是一个人参悟生活之后的超脱……

　　有时妥协也是爱。

怎能没有……

怎能没有？

没有了星月的夜空，除了黑色还是黑色，就连七月七的鹊桥也都隐到了天空的背后……

所有的花，连同对未来的期待，都已渐渐枯萎，最终被日复一日的黑暗淹没。

没有了浪花的河流，除了寂静还是寂静，平时欢快畅游的水鸟也不知踪迹。寂静中，万物皆不知今夕是何夕。

没有诗和远方的岁月，过了一天又是一天，像车轮碾压荒丘……

岁月已不再是岁月。四季没有了春天，春天没有了桃红柳绿，地球没有了空气和水滴……

我的世界还是世界吗？

知否？我和你都是此生最完美的规划，怎能随便地说改变就改变了呢？

真的不能！

在 湖 边

渐渐地，我已经养成了不知是好还是不好的习惯，喜欢一个人来到门前的湖边——

或打开自己，任诗情自由地飞扬，捡拾那些美丽而珍贵的文字；或静坐在那湖畔被绿树掩映的凉亭中，享受岁月的美好，任风自由地拂过双颊。

我想把火花一样跳动的思绪，撒在春天的湖畔，填满红花和绿叶的缝隙，让时光更加饱满，让春天更为持久。我们的远方，就会更加平坦。

我想把夏日云层中隐藏的阳光收集，然后投进那深深的湖心，让那一潭冷寂的湖水有了温度与光芒。这样，水鸟就会在湖面上嬉戏，激起波浪的欢笑。

我想把自少年时就有的梦想，带进湖边的秋天，让每一种色彩都是梦的颜色，交错重叠的红、黄、绿，都是梦里不同的幸福。

我想把夕阳下的那一束余晖，涂成冬日的暖阳。将花朵的诺言，收在冬天里雪藏，待冰雪消融后，我再倾诉怒放如花的思念……

我又来到湖边，迎接我的虽然已是鸟鸣稀疏，冬风入骨，但湖水深情的沉默，总让我懂得一些什么。相信，冬有冬的风情；何况，春天也不遥远。

真　　想

真想某一天，我能够成为你的天空，接受和分享着你所有的所有；你的那些喜怒哀乐，宛如一个个跳动的音符，在我的生命里跳跃。

真想某一天，我就是你的阳光，没有我的照耀，你就不会灿烂；没有我的温暖，你就会觉得夜晚是多么漫长。

真想某一天，我就是你的河流，每一次的流淌，都指向你诗意的远方；而每一朵浪花，都是你我的歌唱。

真想某一天，我是你的森林。森林中的每一棵树木，都生长着我不断追寻久远的灵魂。无论高高的白杨，还是那刻满沧桑的古榆，都是我为你的守候，都是我为你准备的肩膀。

某一天，是哪一天？

是你允许我在你门前站立，是你允许我深情地叫着你的名字——而你恰好也在等候，且快乐地应答。

某一天，是哪一天？

我无法回答。我只知道我一直向着那天赶赴，一如赶赴我一生的快乐。

我迷失的春天

大漠关外，我想把丢失在烟雨江南中的春天寻找回来。找回我对你坚如磐石的誓言，找回我们走失的软语。

而这里，除了河岸的柳树刚刚吐出嫩绿的芽，其他的树木都还在春天之外，光秃秃的枝杈，在青灰色的空中叹息着，像时而失落的我，对着满池沉默的水。

风依旧是冰冷的，一阵一阵地吹在脸上，像一场雪再次来袭，把心凝结成块。层层尘沙，也随风横扫而来，眯住了寻觅的眼，让迷茫更加迷茫，方向已无方向，我苦苦寻找的春天再一次迷失。

但我深信，冷风的尽头一定是春天的喜悦：草长莺飞，桃红柳绿，最美的四月人间，定不负真心的追梦人。

我依然还在那个桃花渡口等你，等春天！

一片秋叶

秋风起，最先吹落的是叶子。秋天的树林里，孤零零的叶子躺着，似乎在等待什么，似乎还有未说出的离别。

叶子的一半是绿色，另一半是红色，还有属于这个季节的黄色吗？我不知道，也找不到答案！只觉得绿的像翡翠，红的像火焰！黄色是不是属于一个人荒凉的内心？

在那一半的绿色里，我仿佛看到了生命的脉搏还在跳动。在那一半的红色里，我似乎听到了燃烧时无畏的声音！我想，生命最终可能就是黄色了。

其实，究竟是什么颜色，真的不是太重要。但凡从四季中走过，看过人间的颜色，就知道谁都绿过、红过……都经历过阳光、雨露和长夜。

生命中的那些美好啊——

最后，都像那片沉默的叶子，连告别也来不及，就被风带走了。

七夕，没有看见鹊桥

天空还原成了真正的空。除了黄昏苍白的光，没有什么可以阻挡我望穿秋水的目光。

夜晚的黑色，超出了我的想象。没有星辰，也没有七夕那残缺的上弦月。只有风，在夜色中，没有目的地穿行着。

连接着星河两岸的鹊桥呢？没有鹊鸟的身影，也没有衔来的枯枝搭建的桥，桥头的缠绵成了传说。银河两岸的两颗心今夕是否守望着彼此？在许下誓言的葡萄树下，鼓声响起……

我不要天上，只要人间。一年，太久；等待，易老。我想用心和你搭建千年不变的鹊桥，穿越在灯火辉煌的时光隧道，享受着这有你心就不空的美好，每一天都是七夕。

也许一切都是虚无缥缈的，包括那所谓的真情真意。而对美好的仰望，是我今夜唯一所求。

离去的背影

他看着她，透过贴着黑色内膜的车窗玻璃看着她，转身离去……

她迈着不太稳健的步伐沿着他目光的方向，渐行渐远……

她脚上穿的还是那双鞋，黑色的、半高跟的皮鞋。她说，舒服，不累。这是他陪她东转西转，左挑右选后才买下的鞋。那时，他就想做她的那双鞋，让她舒服地行走在人生的路上。

他就这样看着她，目送着她沉默地离去。多想她能在路的拐弯处，回一回头，望一眼车中久久凝望她的他。哪怕就一次回眸，笑或不笑。

可是，可是没有。她就像这冬天的风一样，没有停留，不曾回头地走了。她还带走了殷殷期待的暖流，把更冷的季节留给了他……

醒　　来

一直以为，天上的那轮太阳是我家的，就如同我家门前的那盏灯笼。红红的、圆圆的，喜庆的光芒只把我家照亮。直到有一天，太阳后面的狂风暴雨吹灭了灯笼，我才从以为中醒来。

一直以为，春天是我家的。桃李芬芳，绿叶欲翠，都是春天为我写下的诗篇。直到那夜从噩梦中惊醒，发现无情的风将花叶侵袭，满地的落叶枯英。我才明了，自以为是误人不浅。

一直以为，人的心是鲜活的，能够感知四季冷暖和日月长久。可在一次又一次感受了冷暖以后，我才发现，唯有冷静才可以让目光更加敏锐，让思想更加深邃，让虚假现出原形。

一直以为，她是自以为是的，我不是。可现在我才发现，我比她还要自以为是。反省后才知道，其实我们什么都不是，我们只是一阵风，一阵从远方吹向远方的风，一阵一会儿让人暖一会儿又让人冷的风。

我从春天出发

我从春天出发，追寻曾经蓝色的梦想，对那些五光十色不再迷信，要在大雁飞过的地方，积蓄振翅翱翔的力量。

我从春天出发，装满饱腹的干粮，扛起橹桨，抛开南柯一梦的幻想，枕戈待旦，扬帆起航，驶向那诗意盎然的远方。

我从春天出发，搭乘那列不快也不慢的绿皮火车，在夕阳西下的地方，挥毫泼墨，书写生命中不可缺失的那一页篇章。

我从春天出发，穿越那时光的隧道，在唐诗宋词的风里，邀请诗家李白、杜甫举杯共饮；还要在那海棠树下，约会帘卷西风，人比黄花瘦的词人易安居士。

我从春天出发，怀着旷达的心情，既含饴弄孙，又琴棋书画，在渔舟唱晚的惬意中，把四季的岁月都过得像这春天一样。

我从春天出发，走进这永远是春天的春天，和你，和他，还有她。

109

你想我了吗

梦已被雨淋湿。

你问我："你想我了吗?"其实，一个"想"字，怎能表达那分分秒秒穿起的思念？银河一样高高挂起的、刻骨的思念，像无数只虫子在心里啃噬。如今，没有语言能够说出对天荒地老的渴望。

"你想我了吗?"一个"想"字，怎能勾画出你在五彩缤纷世界里的翩跹的身影，以及天地间飘荡的你那欢笑声……

"你想我了吗?"我很清楚，这是你在想我时腼腆地欲言又止。你的心里积攒着太多的日夜、月光和流水。

"你想我了吗?"我也想问问你，想亲耳听你说出的柔情与炙热。其实，你在明知故问，我也是。我们也许天生就是傲气的一对，把心思咬在唇齿之间。

不管你问还是不问，你应该都知道，我已经无法阻止自己对你的想念。不管曾经、现在和未来——由你和我组成的所有时光和时光里的细节。

真的，已经不能不去想你了……

你和我的四季

你就是那春天，梅红了，叶绿了，时间也变得五彩了；你有时也是那夏天，荡漾在火热之中，似乎那一湖平静的水被点燃，沸腾起来了。

那秋天和冬天才是我，我就是那田野的金黄，就是农夫肩挑手拿的一个又一个沉甸甸的箩筐；有时也是，那冰天雪地里的一堆融冰化雪的篝火。

你和我在一起的时候，我们就是四季，是四季里的花开花落，阴晴圆缺……我们就是那由春夏秋冬砌筑而成的一面墙，一面能够相互为对方遮风避雨的墙，一面永远不会倒塌的墙。

昨天的背后

　　那些写有昨天背后故事的诗章，是潮湿的，把阴雨的昨天和晴朗的今天串联在了一起。这字里行间的意境，让梦外的人走进了梦境中，可梦中那些模糊的画面，又很快让梦里的人逃到了梦的外面。

　　那句记录着昨天背后场景的诗句，就像那早春的风，让人感受不到点点滴滴春的温情，却总让人觉得带有丝丝冬的寒意，冰冷了那颗渴望着春意盎然的心。

　　那本藏有昨天背后浪漫的诗集，想看，却又不敢多看；双手捧起来，仅仅翻了几页，最后还是轻轻地把书放下。放下，并把书藏到书橱的边角……

我错过的春天

是我错过了季节，还是季节错过了我？

那片洒满金色阳光的森林，春的森林，为什么仅有几片忧伤的绿叶在晨雾中摇曳？

未见春心驿动，也未见春潮泛起的朵朵浪花。只有些冬眠的草木，在春风的呼唤中醒来。一边打着哈欠，一边伸着懒腰，享受着春的到来。而我却依然睡眼惺忪，恍惚陷入梦里梦外的虚无里。难道，这就是我的春天？

说好那天，牵着你的手，轻踏芳草，去龙眠山中，欣赏漫山遍野盛开的映山红，却又因方向的迷失，我们半途而返。

似乎，错过了什么。

嫉　　妒

夏天嫉妒春天，为什么那些诗人都用最美的词赞美春天？那些最美的花都在春天开放？为什么夏天的火热总是被谴责，而春天的温暖总是被赞扬？

大山嫉妒河流，为什么大山只能够默默地坚守一方，而河流不仅可以绕着大山一路欢歌，川流不息，而且可以不断地流向梦的远方？

渴望嫉妒拥有，为什么那久久的渴望，只能够远远地欣赏和静静地期盼；而拥有却能够时时刻刻在你左右，一路并肩，一路牵手，相伴到永久的永久？

绿叶嫉妒红花，为什么装饰四季的绿叶，却只能为那匆匆绽放、瞬间存在的红花做陪衬呢？

其实，嫉妒也好，羡慕也好，如果把心放在太阳和月亮的中间，那么，嫉妒只是羡慕穿上了一件灰色的外衣而已……

捡起被剪落的花枝

　　手拿藤条编织着半旧不新的箩筐，头戴斗笠，身穿一件已挡不住风雨的蓑衣，冒着未曾停歇的雨，到那被称作花园的园子里，捡起被剪落的花枝，那些受尽委屈、被冷落的花枝，还有那些从梦里洒落到梦外的时光碎片。

　　双脚踩在花园中那条已不是路的路上，满地都是泥泞坎坷，已分不清这条弯弯曲曲的路会通向谁的远方。

　　弯着腰，弓着背，深一脚，浅一脚，捡回一根又一根被剪下的残枝，踩出的都是一个个伤痛的坑，坑里集满了和泪水一样的水。

　　把捡回的一根根残枝，放进昨日的陶制花盆，用盆中残留的花土培植养护，再浇上促进生根发芽的水，相信经过明天新的阳光照耀，残枝也会有新的生机，一定会！

我 不 要

　　我不要老是这样低声下气地活着，整天弯着腰，弓着背，卑微得如同乞丐，如同尘埃。

　　我不要让坚挺的山，被那飘浮不定的云朵缠绕隐藏，失去山的威严。我不要让面前的那片帆挡住了双眼，看不见远方那渐行渐远的海岸。

　　我不要让一片叶子，代替那浩瀚无边的森林，让森林失去万木葱茏，让雄狮猛虎失去森林的家园，只能在荒芜里奔跑。

　　我不要那些所有的不要，都成为真的不要。有时，为了那在梦中追寻的梦想，很多的不要都会成为，成为那必不可少的需要……

我们一同睡了

我们一同睡了，你在你的那里，我在我的这里。你的那里和我的这里，都被那座桥，还有桥头的这条街，连在了一起。

我们一同睡了，你在你的时间里，我在我的时间里。你的时间里总有那爆米花开花的笑声，我的时间里总是忘不了那一页书签上的叶脉纹理。

我们一同睡了，我在你的梦里，你也在我的梦里。我梦中的那湖春水，漂浮着你梦的小舟，荡漾在永远都有桃花盛开的地方。

我们一同睡了，你睡在你春夏秋冬的阳光里，我睡在我四季芬芳的花园中。四季花园中的那一片骄傲的叶子，在阳光的普照下，把从昨天开始的所有日子，都过成了春天。

我们一同睡了，也在轻声地问自己：何时，我们何时才能安静地睡在彼此的心里，倾听彼此那真实的心声？

嘴上的谎言

嘴上说，要去那很远很远的地方，可一早却跟着心的步伐，来到了这临水的岸边，不停地向他每天来的那个方向张望，盼望着那水天交接处的荻埠归帆。

嘴上说，谁在等你！可那小别胜新婚的眼神，毫无保留地诉说着最真实的心声。是啊，园中那一枝骄傲的红梅，为什么要一直高高地盛开在那白云之下？

嘴上说，你真坏！可那不断敲打在后背上的拳头，却暴露了再也隐藏不住的歆羡和钟情。敲打下，沉默也终于有了觉醒。

嘴上说，为什么总是那么假？假得连所有的真都失去了真的含义。哦，原来，坏，才是爱；走，才是真正的来。

知道······

　　你在暗香闺阁中的夜思和想他而见不到他的幽幽怨言，除了你自己知道，还有那窗外鹊桥边的星空知道，我不知道。

　　你梦里常常呼唤的名字和梦外常常遇见的身影，除了你自己知道，还有那手拿着像笔一样的砍刀，在林中等待一年一季花红叶绿的樵夫知道，我不知道。

　　你常常慢品细饮的猫屎咖啡和那苦甜参半的黑色巧克力，是谁在那个玫瑰盛开的早晨送来，除了你自己知道，还有那门前学着人语的鸟儿知道，我不知道。

　　其实，为什么要知道！很多事情还是不知道的好。可是，又怎能不知道呢？已经非常清楚，只要心中装着，那么，你所有的一切，我都会知道！

真的和假的

真的，永远是真的；假的，永远是假的！一个就像天上的太阳，另一个就像水中的月亮。

千万不要相信，酒桌上男人的豪言壮语，那是假的！因为习惯了平时的虚无，最后只有，只有酒才能壮他的胆。其实，酒后他在梦呓中呼喊的那个名字，才是真的。

也不要相信，不要相信温床上女人的甜言蜜语，那也是假的。反而那些平时苦口婆心唠叨的，全都是真实的话语。那些燃烧起来的激情，也会烧毁真实，留下的只是满口的虚假。

她在锅台灶边，给你端来的那碗饭菜，才是真的。

不要太好

　　蓝天不要对白云太好，那太高太广的晴空，白云怎么知道高有多高、广有多广呢？难道真的是无穷无尽吗？

　　夕阳不要对暮色太好，还是把那短暂的光芒，给自己多留一点，自己灿烂自己，才是最值得的给予与付出。

　　太阳不要对月影太好，鹊桥后面的夜空，嫦娥在吴刚面前，舞着空空的长袖，似乎已经忘记，忘记太阳曾经给予的光芒。

　　红花不要对绿叶太好，那穿梭栖息在叶子间的蜂蜂蝶蝶，只是因为花的呼唤，才成群结队地离开那里，来到这里。

　　他也不要对她太好，太多太重太浓的好，已经让人不知道什么才是真正的好，以为那还没有来到的好，才是真的好！

　　是啊，已经好到了好坏不分的地步，这才是真的不好！

我的心，有多大……

我不知道，我的心有多大，为什么装进了蓝天上飘浮的一片片白云，还有那辽阔大海上喧嚣的一朵朵浪花，而心还是感到空空的呢？难道真的要装进天地间所有的欲望，心才能充实起来吗？

我不知道，我的心有多大，为什么装进了每天从早到晚的纷纷杂杂，还有那些因为鸡毛蒜皮的吵吵嚷嚷，而心还是那样安宁，还是那样从容有度？

我不知道，我的心有多大，为什么装进了春夏秋冬四季花园里所有的花红柳绿，而心还是这样单调孤独，时刻坚守着的，还是这唯一的灰色呢？

所以我才希望，希望心胸只是那狭小空间的一条通道，那该有多好。这样的话，只需要一颗红红的小枣或一颗青青的脆李，就能把心填满，就可以让心拥有，拥有实在的满足感。

是啊，如果心能够小一点，再小一点……这样的话，心的满足感就会多一点，再多一点……

飞行在空中

空空的，我在空空的空中！望穿双眼，没有看到吴刚捧出的桂花酒，也没有看见嫦娥挥舞的长袖。只有这触摸不到的空气，空空如也。

高高的，我在高高的空中！俯身低看云层翻滚，侧耳细听雷声轰鸣，似乎那火一样的闪电也触手可及。恍惚间，突然觉得神仙也陪伴在我的左右。

是啊，我这小得不能再小的我，也能自由自在地在这大得不能再大的空中徜徉漫步，这是怎样的一种享受呢？

不倒的松

就这样义无反顾地站立在悬崖边,长年累月,看叶绿,赏花红,久而久之,也成了山的风景。

峭壁是我站立的基石和土壤,缝隙才是我生存的空间和成长的通道,就这样坚守着自己的那一份倔强。

一次次怒吼的狂风和倾盆的暴雨,想把我吹倒或淹没,甚至想将我连根拔起,可我摇晃了一下身躯,昂起头,又屹然挺立在巍峨的山头。

人,也许就应该像那棵不倒的松一样,任凭怎样褒扬和诋毁,任凭怎样诱惑和谩骂,我都是我,初心永远不会改变,永远不会!

温　　度

心的温度，一会儿高，一会儿低；一会儿冷，一会儿热。高的时候，很热；低的时候，很冷。

高热的时候，想像雄鹰一样飞翔，飞向那太阳的背面，享受那最热的热。低冷的时候，又如同地龙一样，钻入那最低的地下，低得自己都找不到自己。

矛盾着、对立着，也许这就是自然的生存法则，在对抗中循环着前行。人，应该也是如此。

有时，人真的很怪，能够经受得住严寒，却难耐酷热。似乎，越冷越容易收藏，越热越容易腐败。

其实，收藏也好，腐败也罢，谁都摆脱不了这自然的规律。我们只能学会习惯和融入！

故　　事

　　曾经的故事，无论是风花雪月，还是刀光剑影，都被四季的风吹干，或许已不再是故事。

　　如今的现实，涨涨又落落，被岁月的雨淋湿，已不再是现实，所有的所有，都将沉淀成明天的故事。

　　一片又一片绿色的叶子，就如同那一节又一节长长的绿皮火车车厢，载着梦里梦外的梦想，以不快也不慢的速度，把那一个又一个过往，定格成故事里的故事，那些捡也捡不回来的故事。

　　有故事的人都知道，这一个又一个故事，就是人生的一个又一个景点，如同那绿皮火车经过的一个又一个站点，无论是大站的辉煌，还是小站的平凡，人们都在熙熙攘攘的行程中，前往将要前往的地方……

　　那是夕阳无限好的地方！

莫名的风

一阵莫名的冷风，从莫名的地方吹来，把暖暖的春梦从塘边柳下吹醒，也把梦中落在林间树下的叶子轻轻吹起。叶子在空空的风里漫无目的地飘起，又落下。

飘起后的落下，或如落下前的飘舞，也许这就是自然界的简单循环，就如同一次又一次花开花谢，一场又一场人来人往。真的不必刻意去挽留，能记住的，一定都是美好的。

莫名的风还在持续地吹着，一会儿大，一会儿小。其实，习惯了就好。习惯了，吹在身上，感觉到的不是冷，而是凉爽，是让人心旷神怡的凉爽！

冷热无常

一会儿热，一会儿冷，天气就像褴褓中的婴孩，一会儿哭，一会儿笑，也让沉于梦乡的人，时常在梦中被惊醒，只能揉揉不愿睁开的双眼，哭笑不得。

冷热真的无常，无常得让四季都少了一季，似乎刚走过了夏，就进入了冬。平时在枝头上高傲的绿叶，在一夜间，就烦躁得把枯黄的容颜藏了又藏。

冷热就是这样无理取闹，无理得真让人莫名其妙，让秋天没有了秋天，让冬梅也嘲笑秋桂的迟到。

有时，无事的时候，静下心来仔细想一想，人和天气，怎么就如此相似呢？

《长津湖》观感

把鸭绿江边那块坚硬的石头，擦去岁月的尘埃后捡回来，将那些永远不该忘记的硝烟重新点燃。

当然，这里不需要明星，但必须把那些掩饰的美丽封存禁锢起来……这也许是走向成熟的成熟，更有可能是重回完美的开始。

无论怎样的风，再也吹不冷那颗已经热起来的心，那颗抗美援朝、保家卫国的心。只要还能呼吸，心就能如常地跳动，那么从心中流出的血液，一定是温暖的。

就算再来一次"长津湖"般的极寒风雪，也许那百年和千年所传承的精神，就像那"冰雕连"的灵魂一样，依然可以融化历史冻结起来的冰，让冰雪化为热血。

昨天的战争，是为了今天没有战争。昨天的冰冻土豆，不知不觉中，成了我们今天最有意义最难忘的精神大餐。

不 值 得

太阳真的没有必要，没有必要去温暖天空中的每一片云，不值得。云总是飘浮不定的，太多的阳光，只会让云感到，除了太少，还是太少。

大海没有必要为那每一朵浪花敞开胸怀，不值得。浪花稍纵即逝，怎能理解大海那海枯石烂的痴情？

高山没有必要向那山下的河流低头，不值得。河水总是川流不息，常常是这山望着那山高，不会为山的高度而守候，哪怕就守候那么短暂的一刻。

还是走进森林吧，抛开那些不值得的幻想，森林中大地上的那一片片落叶，才是最真实的存在。

迷失的我

突然发现，我已不再是我。那么活泼自信的一个人，怎么就在不知不觉中，幻化成了心中那一片缥缈的天空呢？难道虚无能替代那些无可替代的真实吗？

曾经高飞南北、远征东西的那只鹰，怎么也看不见的那振翅的身影，却学会了在窝巢边叽叽喳喳，百无聊赖地添加着添加、删除着删除，同时，还做着加法和减法的游戏。

是啊，我在寻找我，寻找在鹰击长空、鱼翔浅底的峥嵘岁月中，那个拼搏的我。真的想知道，曾经那个我，迷失到了哪里呢？这里，还是那里？

我 说 过

我说过，我也有我的底线，一条低得不能再低的底线。我不需要你对我有多好，只希望你能知道我对你的那些好。你想让我明天做得比今天好，我做不到，因为明天之后还有明天。

我说过，生活中要多做加法，不要做减法。一加一等于二，二加二等于四……你看这有多好。把所有的笑容加在一起，便有了每一天的灿烂；把每一天的灿烂加在一起，便汇成了天长地久的那一份温暖。

我说过，一年四季中，最喜欢冬天，喜欢这冬天的雪藏。是啊！宁愿在十二月的飞雪中，怀揣着雪藏，独自漫步，也不想在三月的小溪旁牵手，牵着那一会儿冷一会儿热的手。

我说过，风有风的狂，山有山的高。一次次，风想把山吹倒。可一次次，山总是把风揽入怀抱。多希望，你不是那无情的风，而我甘愿就做那静默无语的山。

我说过，海枯石烂的不变，那是神话。如果心已不再，即使有千万座鹊桥，也不能让离别的人再次相会，只能望眼欲穿地活在不是等待的等待中……难道真的希望这样吗？

晨练游思

　　晨练，这多年以来的坚持，不仅是为了身体强壮。也许这坚持，就是一种习惯，抑或是习惯了这份坚持。

　　近观湖中的月影，金色的浮光，随波荡漾；远眺天空中的星辰，在鹊桥的后面，也同样闪烁着金色的光芒。原来，天上的真实和水中的虚无，竟然如此相似，有时，真的分不出真假了。

　　其实，最真实最美妙的，还是那朝霞满天的东方，就如同记忆中，孩童时学唱的第一首歌"东方红，太阳升……"。也许正因为东方的红，我们这个五颜六色的地球村，才有了今天的红色东方。

　　对面那个慢慢跑来的蓝衣人，曾经熟悉的面容，但问候时的点头致意，却变得那么陌生。从身后擦肩而过的那个陌生背影，矫健的步伐，却又是那么熟悉。熟悉，还是陌生，有时也不是一成不变的，就如同一会儿忘记，一会儿又想起！

　　晨练，一步一步走过的不仅仅是走过，还有走向。走向那远方，是属于岁月和拥有诗意的远方，是那永远有着远方的远方！

平 安 夜

不知是哪年哪月，一阵从西边吹来的风，吹来了一个让人不能平安的平安夜。

每年的平安夜，都是车多路堵，堵得人心惶惶。而更寒的风，在这更黑的夜里，也变得更加肆无忌惮，让本来灿烂的心也不再灿烂。

酒！平安夜永恒的主题，无论是一对一的私密约会，还是众人的聚会，酒都会让平静不再平静，让心不再安分，这也确实让平安夜多了许多许多的不平安。

不管是久别重逢的喜悦，还是初次遇见的尴尬，都在这三杯两盏的闲酒中，得到了升华或淡化。那古时斗酒诗百篇的李白，难以再寻。所见的不是豪气冲天的英雄气概，就是装疯卖傻的酒囊饭袋。我是这，还是那？

回头想想，还是东方的春节好。那副"听毛主席话，跟共产党走"的春联，让我从小就坚定了此生行走的方向。那就是让我们能够真正拥有平安的方向！

寻　梅

在朋友圈看到朋友发的新梅的图片，很是欢喜。有粉红的花苞，还有嫩黄的叶瓣，真是曼妙无比，惹人心动。

推迟了晨练，等着天明，等着太阳升起，才走进天天都走进的南艳湖公园，寻找那今年初来乍现的梅影花香。

避开了两旁相间种植着栾树和梧桐的大道，专挑那曲曲折折的小路去穿梭，去寻觅。因为我知道那里种植着品种各异的梅。

沿着小路，漫步徜徉，来到湖畔亭边。真是奇怪，去年盛开的红的黄的，还有白的梅花呢？躲到了哪里，藏在了何方？梅树上除了光秃秃的枝，就是光秃秃的杈。梅的踪迹全无，花香也是千寻不得。

尽管寻梅的愿望落空了，但我的诗心是充实的。因为我知道，在明天，在明天的明天，梅花一定会傲雪盛开。天气越寒冷，梅花开得越艳。梅，也一定会在她盛开的地方等我，一定会的。

我　不　想

　　我不想，在春天里，被那寒风吹拂，尽管倒春寒的日子来去匆匆，但也会在心中凝成层层冰霜。

　　我不想，在黎明到来的时候，还被那夜晚的梦缠绕。我相信，新一天的阳光，一定会把梦中的阴影驱散。

　　我不想，心中的那片森林，被樵夫砍伐成枯枝败叶。哪怕到最后，只剩一粒红豆的种子，我也会让浓浓的相思，和那漫山遍野的映山红一样怒放。

　　我不想，余晖映照下的那朵浪花，沉默于没有波涛的海洋。哪怕是一滴微弱的水，我也会追随着那条母亲河，唱着心中的那首歌，向着大海流去，流去……

没有关系

突然间，也就是在那个春梦醒来的早晨，对曾经的兴趣没有了兴趣。管他天有多高，路有多远，都和我没有关系。只要天是蓝的，路是从脚下开始的，相信明天，就一定会如期到来。

不再关心电梯升得多快，一层又一层爬得多高，和我没有关系，因为我早就知道，电梯停歇的地方，终究都是在那最初的一层。

不管有多少梦里梦外的遇见，或是幽会，都和我没有关系。因为我清楚，叶脉书签被夹住的那一页，写满了一个又一个离别的站台，也是诗章后面的那个大大的句号。

其实我们不必那么笃信，春天播种，秋天收获。有时，秋天播下的种子，在春天也会有意想不到的收获。譬如说智慧和历练，还有那难得的糊涂。

火　焰

　　我必须走向你，向你靠拢，因为黑暗正在把我围剿。哪怕是烛光点点，我也要义无反顾，走向那燃烧着和明天的太阳一样的光芒的火焰。

　　不是把黑暗照亮，而是把黑暗驱赶，驱赶到那梦醒的地方，让寒冷的黑暗不再黑暗，让温暖在光明中升腾。

　　燃烧才是你生命持续的源泉。要用化学反应，替代那原来的物理形态。新生的事物总是站在昨日肩膀上，呼唤着明天的到来。

　　尽管起源于石与石的碰撞，却撞出了和谐，让茹毛饮血的原始，走向刀耕火种的文明。我执着地走向火焰，就是要从原始走向文明。

风 和 雨

风，躲在梦的里面。风也只有在梦里才肆无忌惮，用看不见的翅膀，拍打着山峦，山不再静默，开始了怒吼和震颤。

雨，在梦没有醒来的时候来了，千丝万缕，想要把天和地绑牢捆紧，让飘浮的云彩不再飘浮。只是静静地等待着新一天的黎明。

风调雨顺，是美好的。风狂雨骤，同样也是值得庆幸的。只要我们能够和风雨同行，就坚信风雨的前面，一定有一束阳光在等待着。

无论是风还是雨，只要已经从梦中醒来，我都愿意风雨兼程。

柳　　絮

就像一场不大也不小的春雪，在晴朗的空中飞舞，以优雅的姿态，飘然而下，慢慢地在路边的草丛上聚积，白白的一片，轻轻地覆盖在那里，就如同大地的鬓角，被染上了一层又一层白霜。

就这样无拘无束地飘曳着，像那剪不断理还乱的游思，一会儿是缱绻的情怀，一会儿又是思君不见君的自怨自艾。那是和夜一样漫长的愁怨，弥漫着淡淡的闺香。

有人喜欢，那自由自在的浪漫，让这最美的四月天，有了似冬非冬的模样；有人厌烦，这杂乱无章，眯住了双眼，还玷污了刚刚穿上的春裳。

就这样静静地看着，看着这飞来飞去的柳絮，心想，这究竟是什么呢？多方查询才知晓，是会飞的种子。

原来，种子不仅可以在大地上发芽，也可以在空中飞翔，就如同我们这不能被禁锢的思想。

不是你想的那样

　　不是每一次酩酊，都会让人失忆健忘。不是你想的那样。即使醉卧他乡，回家的路，也依然在脚下的前方。一步跟随一步，不会缩减，也不会延长。

　　没有风的夏夜，谁说没有清凉？不是你想的那样。倾听星光和月色细语，互吐的衷肠一定带来宜人的凉爽。不管你是在梦外，还是在梦里的那个梦乡。

　　再平静的水面，都会有暗藏的波澜。不是你想的那样。没有风的吹拂，千舟万帆就不会遇见那激流的险滩。于无声处听惊雷，说不定也是，随时都会出现的万千景象。

　　不是你想的那样。四季后面的那个第五季，还在彩虹之后蹒跚。不管是梦想还是幻想，我都早已坚定了由文字铺就的远方。哪怕是山高水远，我都会义无反顾地前往，不停步地一直前往。

开车随想

行驶在一会儿平坦一会儿颠簸的路上，前往那据说有诗的远方。可驿站接着驿站，前方的前方，还是前方。哪里才是出口？何处才是尽头？也许，人的一生，注定都是在前往天涯的途中，或是在跋涉途中的天涯。

双手紧握着方向盘，双目凝视着远方。可方向盘指引的方向，也会让人越来越迷茫。想起了以前有人说过：那阳光照耀的地方，不仅有灿烂的美景，也会污水横流，蚊蝇飞舞。

已经踩住了刹车，可车还是向前。尽管只是滑行，但也会滑入深深的泥潭和黑暗。这个时候，安全带也不能绝对保证安全。

无论是奔驰，还是宝马，驾驭过的车型很多，但最喜欢的，还是属于我们自己的"红旗"。那"红旗"指引下的行程，风景如画，就如同我们这有美好风景相伴的人生路程。

静 夜 思

　　远处的汽笛，近处的蛙鸣，把寂静捅破，让夜色蹑手蹑脚地溜了进来，企图用黑暗来吞噬黑暗。

　　将一把紊乱的游思，放进夜色中梳洗，拧干，把昨天和昨天的昨天分开。不再纠缠，如同湖光般分散四射。

　　没有谎言的梦乡，平和安宁，就如同掏空了心思的湖心，清澈透明，只有那不是誓言的誓言，细语轻轻。

　　太阳高挂，夜色也已谢幕。没有什么值得相信和不相信。真假已不再重要，只是希望岁月的长河依旧安静地流淌。

更远的远方

窗外，远方的哪一片天空，能让心中的蒲公英飞翔？又是哪一束灿烂的阳光，能把未来的前程始终照亮？

无论幕帘怎样厚重，总会有徐徐拉开的时光。封闭的空间，不会永远封闭，最终都会敞开，都会明亮。

总是想，用粉红色的裙衫，把粉红色的梦想托起。尽管外面的世界，不是这样。但还是想踮起脚尖，让目光抵达更远的地方。

星 空 下

　　我不是喜欢追星的人，却喜欢在一个人的夜晚，仰望星空，仰望远方，仰望那藏着诗意的远方。

　　有时也想成为一颗星，陪伴在那一弯弦月的身旁，让嫦娥不再忍受，那冰冷广寒宫孤独的寒。

　　情系浩瀚，心羡吴刚。那坛桂花树下的桂花酒，虽然远隔时空，几多光年，依旧能把玉兔醉倒在他乡。

　　无论是闪耀，还是黯淡，在星空的怀抱中，都不过是无穷渺小中的一个个平凡，就如同争来争去的彼此。

第五辑　生活哲思

那只手表

那只手表，玫瑰色的金壳，像玫瑰一样绽放着我最浓艳的心花。

机芯，由许多部件组成的机芯，也是金色的，深藏在金色的外壳中，如同被深藏的记忆，还有我没有说出的千言万语。

金色的表链，精致玲珑，连接和衬托着表盘，俨然一朵金色的玫瑰就开在那洁白的玉腕上。

抬手挥臂之间，表盘里嘀嗒嘀嗒的律动声，像一颗心读懂另一颗心的节奏。时光静谧的午后或长夜，听见的是轻柔的韵律声。那是我点点滴滴串成的悠长的思念吗？

金色表盘上的指针，指示的已不是时间，而是我们一路走来的历程。

那只手表，无论戴在手腕上，还是放在床头，都会和我们的心跳一起，分秒地跳动着，都在记录着我们一起走过的时光。

直到永远的永远……

七夕节的锁

七夕，似乎是与我无关的日子。没有鲜花，也没有巧克力；没有收到，也没有送出。然而，我却意外地收到了一把锁，是礼物，也不是礼物。这是一个月前定制的，早该收到的一把锁。一把电子指纹锁。锁很精致，锁的每一个细节，都深藏着高科技。从那华丽的外表看，似乎锁芯里面还深藏着永远猜不透、难以破解的重重秘密。

装锁师傅技术娴熟，但操作过程还是很费神。用了一百分钟的时间，赢得了彼此一百分的满意。新的锁装上了，装在旧的门上，在旧锁的位置上配新锁，完美地进行了替换，替换出的光阴如此无缺。

不知是新锁太智能，还是开锁的人太迂腐，一把锁把锁的主人锁在了门外。那通天的智慧，也识别不了简单的指纹，一根手指的指纹。指纹，此时像一个人遥远的心思，无论如何都无法破解。在紧急启动后，打开了原以为打不开的锁。而另一把锁，在这里，或那里，却不知道如何打开。那扇门，不知道开在哪里。七夕，这样的日子，连鹊鸟也衔来枝干，为重逢的人搭桥，为何你还要将我锁在心门之外？谢谢你最后还是允我进来。

藕　语

　　似亭亭华盖，又似欲飞的翅膀，七月的荷叶就这样傲气地覆盖着水面，直到千万片荷叶把这辽阔的湖填满……它们遮掩着在水下生长的节节相连的爱情。

　　尽管一直生长在黑色的泥水中，不像其他花果那样享受阳光的普照，但藕在洗净后如同出浴的女子一样，天然地形成了洁白的玉体。细细咀嚼，香甜中有股大自然的味道。只要动动爱的双手，它就可以给你美好的幸福时光，满足你的食欲，且让你身康体健。

　　都说自古红颜薄命。藏于内心的千丝万缕，换来的却是永远只能背靠着背的平行空间，心空到了没有回声……

　　都说，爱没了，情还相连。然而，彼此都分开了，为何还要连着那剪不断的愁？

小　舟

舟如残月，倒扣在苍茫的水面；舟如落叶，都是漂浮的宿命。

而一叶小舟，只要有水的荡漾，就能抵达那日升日落的远方；只要有内心的坚守，双桨就能渐渐靠近梦想。不论这梦想是高于九天，还是低入微尘……

不要轻言生活风平浪静，明天也许就是惊涛骇浪。不要惧怕狂风暴雨，未来也许就是万里晴空……

我从秋天开始，启航梦的小舟，享受文字中的喜悦悲伤，体味季节变换的人世纷繁。人的一生并不漫长，在浩瀚的历史长河中，如同睁眼和闭眼的瞬间。而我，依然坚守理想的塔，在坑洼中把要走的路走完。

哪怕如落叶飘在风中，然后无奈地坠下。

婚　礼

　　室外，寒潮涌动；室内，暖流荡漾。按既定程序举行的典礼上，激荡的是新郎新娘人生全新的浪花，以及那打湿妆容的泪花。

　　她说，你抓住了我此生的期待；他说，你走进了我长久的等待。这怎不令人羡慕与嫉妒啊！这不是感天动地的山盟海誓，而是天长地久的诺言。

　　他，帅气智慧，平凡中书写着伟岸，如同那石子和黄沙，虽是主角，却甘当配角；她，德才兼备，细腻中讴歌着未来的华章，就好似那水和水泥，柔情而又缠绵。

　　今天，石子、黄沙，还有那水泥和水，在这婚礼殿堂的搅拌桶中，充分地拥抱相吻、融合固化，成为密不可分的一体，凝聚成坚不可摧的混凝土。这是情的见证，是爱的结晶，这更是你们的父辈，一辈子在蓝图上描绘的主题。

　　把所有的祝福珍藏吧，藏在你们那有诗的远方。远方一定有一轮太阳，照耀着你们并肩牵手，走向那远方的远方，走进那甜蜜的甜蜜，享受那幸福的幸福。

三 叶 草

在最冷的季节，在苍茫枯黄的原野上，有一种植物在顽强地支撑着绿色。它在寒风中等待——等待温暖，等待回应。

三叶草的生命周期尽管短暂，但它用那仅有的三片叶子，点缀苍茫的大地，不争不显。默默地做着自己，做着平凡却不失优雅的自己。

一次次雪打，一次次霜侵，它都依然倔强地把身体挺直，把头颅高昂。尽管低矮，却丝毫也不输给那高高的白杨，三叶草永葆绿意，从不枯黄。

三瓣心组成的绿色身体，彰显的是大爱之心。无私的爱，紧偎着、温暖着每寸光阴。哪怕只是路人眼里一棵低微的小草……

病　　房

医院的长廊，一层托着一层，一间连着一间，就如同曾经的教室、宿舍和那承载着一个又一个梦想的办公用房。

尽管怀揣着多少个不愿意，但还是来到了这里。把心肺敞开，让肝胆相照。因为一切都是为了更好。

护士的微笑，如春风拂面；医生的叮咛，如春雨润田。那针剂药丸，就是浓缩的化肥农药。一粒粒健康的种子，在这里播下。那沉甸甸的果实，一定会在秋收的季节挂满枝头。

洁白的长衫上，写的都是感谢的诗章。条纹病号服上，已不见昨日的血迹斑斑。入院时的惶恐消退，出院时的灿烂倍增，这都是因为，因为心中多了那一份未来的阳光。

病房四四方方，窗明几净，人员进进出出，平凡得不能再平凡，却记载着，记载着多少起点和终点的循环。这是永远不会停歇的循环。

病　　友

　　就如同诗友和酒友一样，不知从哪天起，在陪护病人的同时，我也结识了一些病友。

　　诗友们高谈阔论的是梦想着的远方，酒友们豪情畅饮的是那曲水流觞的千杯万盏，而病友们反复唠叨的却是与那一日三餐相关的心脑血管健康。

　　在家靠父母，出门靠朋友。住院的时候，有时还真的少不了病友的帮忙。叫护士喊医生，尽管都很平常，但有时也会让手脚不方便的人为难。

　　你说着你的胃，我护着我的心。岁月的风霜，让我们的五脏六腑都开始变得锈迹斑斑。疏通清理肠道，脑部磁共振检查，病友们都常说：预防比治疗更加重要。

　　有时想想，医院就是一个修理厂，车铣刨磨和切除缝合，真是异曲同工。那一个个鲜活的器官，如同一台又一台机器的零部件。病友都是医生手中的那一台台机器，一台有了故障、需要修理的机器。

　　岁月像一位老人，拄着拐杖，一步一步地蹒跚向前。而我们也会在这蹒跚的步伐里，越来越老。在这不断老去的路途上，诗友和酒友只会越来越少，病友却不会因此而减少。

　　也许到了某一天，你没有了病友，你可能也就没有了自己。

病　　人

没有永远的健康，就如同没有绝对的美好一样。偶尔头疼脑热，身体的某个角落存在污泥残垢，其实都是正常的现象。没有必要太过紧张。

只要是活着的人，都有可能在哪一天成为病人。成为病人并不可怕，可怕的是，不知道自己是个病人。住院的病人可能已经病愈，不再是病人了，而去医院看望病人的人，也许成了真正的病人。

身体有了疾病，吃吃药、打打针，还是比较容易康复的，但精神上的某些顽疾，真的难以治愈。也许克服自以为是，才是治疗顽疾最好的一种方法。

众所周知，低糖低盐对身体健康非常重要。但对健康最为重要的还是低调，这一点，也许很多人并不知道。确实是的，声音强，不代表身心强。

病体好治，心病难医。良药妙方在哪里？其实，海洋和天空的广阔，才是最好的一味药，有时候，自己才是自己最好的医生。

泥　　土

就这样默默地委身于大地，从来不额外索要什么，哪怕是一束阳光，或一场春雨，只接受属于自己的那一份温暖和滋润。

从来都很低调，不喜欢无谓炫耀。但一直都在努力，努力地让小草踩踏着自己的肩膀，去自由地发芽和生长；无私地让那些冬眠的虫卵，在自己的胸怀中躲藏。

但还是要感谢，感谢和你相拥在一起的那些沙粒和石块，是它们用身体撑出的那些缝隙，让新鲜的空气，萦绕在你的周围，才让在你怀中冬眠的种子有了生的希望。

无论是肥沃，还是贫瘠，你都无怨无悔，始终散发着芬芳，用博大的胸怀养育着万物，让稻谷金黄，草绿花香。

有时，我也想成为那泥土中的一抔，这样，既能亲密地与无垠的大地相拥，也能时刻仰望蓝天。在天地间享受那一份辽阔，那是一份可以尽情抒写自己诗意的辽阔，更能让自己成为辽阔的辽阔。

新　　生

为了那一束新的阳光，我从昨日的泥土中冒出，挣扎着离开大地，以新的姿态和新的心情，站立在这新的春天里。

天空下，一切都是新的：那不知飘到哪里的浮云是新的，娇羞地开在林间的桃花露出了新红，摇曳在湖畔的柳条也舞起了新绿，就连那唐诗宋词的古律，也写出了新韵。

田野上，那一浪又一浪起伏的，都是刚刚播下的新生的禾苗。丛林里的老树，老枝上长出了新芽。就连那在树梢间跳来飞去的老鸟，也叽叽喳喳地唱出了新曲。

尽管有时也会阴云密布，淫雨霏霏，但我还是看见，浓云后面的那一抹新的灿烂，如同我这颗没有黯淡的心中还存有那一片正待春耕的新田。

阳春三月，万物都在更新，就连我的诗章也有了新的远方，那是更加诗情画意的远方。

平　　衡

　　世间的万千事物，都是在平衡中真实地存在着。这是否也符合萨特的存在主义思想？我只知道，有了平衡，才有了真实中的真实、存在中的存在。

　　一杆秤，只有在物品和秤砣达到平衡时，才能衡量出物品准确的重量，就如同人的欲望和需求达到平衡时，他所看到的和听到的才是真实的。在不平衡的心态驱使下，又有多少真实会被曲解，产生歧义？

　　如果两个人的心理和思想存在许多不平衡，就会引起言语上的冲突，甚至肢体上的冲撞。其实争吵的双方，没有什么对错输赢之分，只是我们自身没有坚持平衡这一延续千年的定律和守则。

　　牛顿之所以伟大，是因为他发现了关于力和运动的第三定律，还有罗蒙诺索夫发现了守恒定律。这也是说在自然界中所有物体的物理量的值都是恒定不变的。当然，有时变也是为了不变。

　　日起月落，宇宙是平衡的；夏热冬寒，四季是平衡的。同样，人的喜怒哀乐、七情六欲也是平衡的。只要我们坚守心的平衡，那么天地间的一切都是平衡的，也都是美好的！

门

常常守在里面和外面之间，是屏障，也为了通畅。既挡住了欲望，也递来了希望。门的外面是天空和海洋，门的里面是柴米油盐酱醋茶，就这样把浩瀚融进了平凡。

我常常倚在门边，一脚在门里，一脚在门外。倾听门内四代同堂的欢声笑语，远看门外四季更替的鸟语花香。我就喜欢这样，尽情地把心门和脑门打开，任思绪飞扬。

自古以来，人们都已渐渐习惯了，日出开门而作，日落闭门而息。日子也就在日出日落的开门和关门中，平凡地循环着向前。其实，生活就如同门的开和关一样简单，没有人们想的那样复杂和麻烦。

有时，我们走出了这扇门，又走进了那扇门。在走进走出间，我们长大了，我们学会了门的开启和关闭，也因此分清了黑白，明白了取舍，更懂得了爱和恨。

有的人喜欢走前门，喜欢前门的光明正大和阳光灿烂；可也有些人，总喜欢钻营着走后门，喜欢后门的潮湿和阴暗。殊不知，后门背后，有时还有一扇牢门。

无论是"我爱北京天安门"的纯粹和透明，还是"门泊东吴万里船"的万丈豪情，门都寄托了古往今来的诗人和哲人心中的那份情怀，那份属于昨天和明天的浪漫情怀。

我不是诗人，也不是哲人，只是一名弹唱城市音符的土木工程人。虽然怀揣的都是钢筋、水泥和沙石，但我也有我的情怀。我心中的那扇门，始终都会向天空敞开，让晨曦伴着彩云，夕阳驾着霞光，在有诗的远方，绽放盛开，让绽放盛开的一切，比梦想的梦想还要精彩！

舞　　台

　　在城市，在乡村，在人世间的边边角角，都有高低不同、大小不一的舞台。舞台上每天都上演着五光十色的剧目，歌颂着真善美，讽刺着假恶丑。

　　历史的舞台上，帝王将相变换更替。历史的镜头也在这时光的隧道中，记录着一季又一季的花开花落……

　　无论是幕前还是幕后，只要帷幕被拉开，人人都成了观众和演员。观众和演员也都在对方扮演的角色里寻找着自己。台上和台下，演出的都是千年不变的故事，由真真假假编织而成，充满着爱恨情仇。

　　锣鼓敲得最热烈的时候，也是那故事达到高潮的时候。其实，无言无语，并不代表心的河流干涸，不再流淌……那些最真实的情感，都在无声无息中表达。舞台外面的天地间，那听不见看不见的空间里，汇集了多少比天空更加广阔，比海洋更加深邃的舞台啊。

　　舞台，搭了又拆，拆了又搭。在搭拆的过程中，舞台的主角和配角，都在努力地扮演着属于自己的那一个个角色，演出并讴歌着自己充满喜怒哀乐的人生四季，以及和四季一样经历寒暑的人生……

宁夏枸杞

　　无数的小星星，从高高的天空洒落。避开夏日的火热，远离冬季的寒霜，满怀温情，赶至沙漠。

　　就喜欢那北方辽阔的大地。不管在河的西边，还是在河的东边，都是那个被溺爱的孩子，被那条母亲河环抱着、宠爱着、灌溉着⋯⋯

　　一粒粒，红的像火；一颗颗，黑的似煤；火里有煤，煤里有火。在煮沸的水中上下翻腾的时候，也能飘散出枝头上的醇香。它可以与汤汁为伴，也可以与茶叶牵手。

　　这就是低调的宁夏枸杞。无论是以怎样的颜色登场，它都是粒粒饱满。即使大漠的风沙带走了青春的水润，它也能以干瘪的身躯，为人类的健康添砖加瓦，默默地奉献着自己⋯⋯

给工厂体检

体检，正在进行！不是在那人潮涌动的医院，而是在这管道纵横、高塔林立、烟气浓浓、机器轰鸣的工厂。

一根根易燃易爆、负载高温高压的管道，如同血脉穿行全身一样，输送着工厂肌体所需要的养分和动力。

穿着白大褂的老医师和小护士匆匆离去，从他们身后走出的，正是身穿防护服、头戴安全帽，步伐稳健的工程师，还有那头发渐白的老专家。

不停地忙碌着。不是在测血压、做B超，而是在测机器、查现场。手中使用的不是听诊器，正在查看的也不是心电图，而是一把把直尺和一张张图纸，还有那一本本记载了关于设计和施工规范的手册。

他们走进的不是内科、外科、妇产科……而是锅炉房、空压站、配电所……他们正在给高炉铁塔测量"体温"和"血压"，给纵横千里的各种管道"把脉问诊"。

无论是设计和施工的"先天疾病"，还是后天的感染和老化，都会在"中医"和"西医"的结合中，在"个诊"和"会诊"的报告中，得到最佳的药方。

是啊，只因为怀揣着那颗守护工厂健康的初心，肩负着保障工厂安全的使命，一个由老中青三代组成的"诊疗"团队就这样义无反顾地在黄土高原的沙尘暴中穿梭，在塞外江南倒春寒的风雪中逆行。

　　这就是我们永远在路上的精神，一种勇往直前、敢于担当的精神。这更是一种由几代化工人，凝心聚力而形成的亮剑精神。

牛粪的赞歌

是粪，是牛的粪，是耕牛、奶牛的粪，更是那孺子牛的粪。

无论是春播的朝霞，还是秋收的夕阳，都用那五彩的光芒，照耀着我的主人背拉千年犁耙的身影。这身影总是那样给人间以无尽的温暖，给天地以不绝的鼓舞。耕作间，在田头留下的黑色的牛粪，和黑色的泥土拌和在一起，又让那稻谷拥有常年肥沃的滋养。

是粪，但不同于别的粪，不同于别的粪那样臭气熏天，而有着草的清香和奶的乳香。因为牛吃的是草，挤出的是奶，同时，还有着那永远负重前行的力量。

记忆中，孩童时代的牛粪，是可以贴在土坯墙上的，让风吹，让日晒，让牛粪慢慢地脱水干透，和灶台后面的柴草一样去燃烧，直到燃烧成为灰烬。

如果你是一朵鲜花，如果你一不凑巧插在了牛粪上，那便是你此生的荣幸，因为整个春天，甚至整个四季都会让你尽情地绽放，让你始终芬芳。

摔碎的杯子

再结实的杯子，也经不起铁了心的无情摔打。虽然曾经经历了火焰，但还是存在着脆弱的一面，哪能受得了这样的无情对待？

再美的杯子，也只能存在于爱人的眼中。爱可以让丑陋变成美丽；同样，恨也能让仙女变成巫婆。这也许是一种永远无法说清的法则。

即使被摔成了碎片，那一片片碎片上，依然盛开着一朵又一朵摔不碎的花儿，一定还留有曾经冲泡蜂蜜的香甜。

生活，有时就和那杯子一样，既然能装得下过去，那么就一定能容得下未来。但碎了的杯子，又怎能再次装下，装下已经破碎的心？

山的那边

　　曾经以为，山的那边就是花园，只要翻过了山，就能走进四季都是春天的季节。可是，几经跋涉，终于到了山顶，发现山的那边，怎么还是山？

　　曾经以为只要走过了崎岖，登上山顶，山的那边就是平坦大路。可是，已经把山顶踩在了脚下，怎么山的那边依然是荆棘满地，丛林密布，而且那山更比这山高？

　　曾经以为山的那边就是大海。只要到达了一定的高度，就可以放眼看见辽阔的天地。可是，谁又能理解，那一片又一片辽阔之中，仍有一个又一个暗礁险滩？

　　其实，在一次次经历以后才渐渐知道，那些以为的以为，只是幻想的幻想。无论是梦里也好，梦外也罢，那都是一个接一个的遇见……我，当然也不是一个偶然和一次意外！

鹅　　掌

　　鹅掌，既是鹅的手，也是鹅的脚。

　　鹅，是手脚不分的，但是黑白分明的。黑天鹅和白天鹅，黑的似乎更珍贵，所以黑色的事物，在有些人眼里，就成了宝贝。

　　鹅掌有几个趾，有时真的分不清。有人说三个，也有人说四个。仔细看过才知道，原来其中还藏了一个不易发现的小趾。所以，啃了那么多只鹅掌的人，却不知三也不知四，整天只知道说三道四。

　　吃了再多只鹅掌，也许留下的，仅仅是点滴的美味记忆。食物也都如此，尚未吃的都是美味，可吃下以后，统统成了污秽！

　　所以，有些东西，保留比享用更好。

邮　　票

突然间，十分怀念邮票盛行的年代。一张八分钱的邮票，能够把远方的思念送到近在咫尺的面前。

轻轻地把写满思念和问候的信笺折叠，放进牛皮纸信封中，贴上方方正正的邮票，盖上那圆圆的邮戳，投入街头路边的绿色邮筒。再由绿色的邮车，把那一封封写满缱绻情思的书信，送往那山高水长的远方，送往一直在远方等待的那个人手中。

等待，有时也是一种幸福。无论是望穿秋水的等待，还是狄埠归帆的守候，等待和守候，都是一种对遇见的期盼，都是期盼后获得的那一份简单的幸福。而等待远方的来信，也是那个年代，最频繁、最持久的一种期盼。

正是这一枚小小的邮票，让多少等待不再是等待，而变为等待后的那一份幸福。

坍　　塌

春天的花正在开放，而那盆开在城市一角的花，在花开花谢之间，瞬间坍塌。

这是一盆昨日的花，似乎刚刚还盛开在五层的顶楼花园，今天却从那无序叠加的第六层花架上摔碎。

四季一直在更替，城市也在更新中不断地生长着翅膀，就连盛开在楼中的花儿也会在更新中渐渐增高，第五层、第六层、第七层……

也许有了那些看不见的坍塌，才有了看得见的坍塌和掩盖不住的痛心。然而更痛心的是，那些学了无数遍的菲迪克条款，真的成了纸上谈兵。

曾经用来测量的那把尺子，怎么才能精确地测量出事物的高度？那些齐备的条款，怎么才能约束住那些永远不该有的肆无忌惮？

多想，多想这坍塌的声响，就如同阵阵惊雷，惊醒昏睡中的那一窝蛆虫，让幻想不再是幻想。侥幸岂能代替万幸？只有让失联、救援、伤亡等彻底清零，那才是万幸，才是万众期待的万幸。

拖　　鞋

走过很多路，穿过很多鞋。最喜欢的还是拖鞋，就是这双每天穿得最久的拖鞋。

尽管不像跑鞋那般轻便、皮鞋那般正式，却和母亲做的那双布鞋一样，在朴实无华中，散发着不会因为时间久远而散去的温馨和体贴。

虽说登不上大雅之堂，却是我们每人每天不可缺少的家居用品。无论何时，总是整整齐齐地摆放在门前，随时准备着为你接风洗尘，并尽心尽意地送上温情，这看似无情却有情的温情。

何谓拖鞋？是没有鞋帮的鞋子，不需要鞋带系紧扎牢的鞋子。这就如同我们这后半生，无拘无束，自由自在。

不像高跟鞋那样，虚张声势，假装很高。而是脚踏实地，有多高就多高，从不踮起脚尖，去摘拿和私藏那个不属于自己的秋天。

沏上一壶茶，坐在窗前。跷起跶着拖鞋的二郎腿，悠悠然然地在春光里，想着和春天一样的心思。想着想着，自恋也就油然而生，我什么时候比神仙还神仙了呢？

高 跟 鞋

穿着鞋跟细得不能再细、高得不能再高的高跟鞋，从桃红柳绿中走来，带着自信，也提着担心。自信地走进了春天，可也担心，担心在春天里摔跤。

无论是胶水粘住，还是鞋钉钉牢，其实都不是十分可靠。高高的鞋跟和弯曲的鞋底，不是天然地连在一起，而是拼凑的制造，经常也会让"跟"和"底"彻底分离。

崎岖的山路，无论是上行，还是下行，最值得信赖的，肯定不是那自以为是的高跟鞋。尽管一次次深陷沼泽泥泞，可还是这样一意孤行。

穿上是为了增高，脱下是为了便捷。无论穿上还是脱下，其实只有自己知道，那虚增的高，到底有多高。总之，便捷肯定比增高更好。

那高高的鞋跟，撑起的也不一定都是骄傲。有时也会用无奈的双手，拎着本应穿在脚上的高跟鞋，蹒跚而行。这种场景确实常常见到，而且还时时博得行人一笑。

当然，更多的时候，还是被心羡情钟的目光环绕。柔软顺滑的丝袜和五彩斑斓的霓裳才是最好的搭配。T形台上那魅力四射的灯光，又怎能与之媲美？

应该说，让美更美，让高更高，才是它存在的最好理由，所以我真不知道该如何评判。是赞美，还是诋毁？但可以肯定的是，高跟鞋，今生与我无缘。

简　　单

多动就能少想。轻描淡写，说起来很简单，事实也并不复杂。忙于工作，忙于生活，总能让人少一些妄想。能悟出这些，就已是不简单。

还是那条路，每天都必须要走的路，曲曲折折、窄窄长长，不知哪里才是尽头。只要心中拥有那一张简单的风帆，下一个停靠的码头肯定就是能躲避风雨的港湾。

真想就如同阳光一样简单，静静地把光洒向大地，洒向大地，让万物被照耀。不必在意那些众说纷纭，只把温暖播撒，把冰霜融化。付出不求回报，何尝不是智慧，不是简单地活？

如果真的都能做到无怨无悔地奉献，简简单单地生活，其实并不简单。

其实没有病……

吃了那么多五花八门的药，怎么就治不了这失眠的毛病？整夜不是胡思，就是乱想。怎样才能在后羿的枕边，把嫦娥的喜怒无常赶走？

把剩下的最后一剂膏药，贴在那在昨天的凄风苦雨中摔伤的肌骨上。消肿止痛，舒筋活血，效果怎么一点都不明显？痛，依然还是痛。

再试试针灸推拿吧。那被梦里梦外的诗言诗语，扰乱了的神经系统，能否通过中医疗法，得以经脉活络，让语无伦次能够彻底消失？

一直不能理解，那三番五次的磁共振影像，怎么能够让思想的阴影愈加浓重，结节愈加清晰？思来想去，原来是因为，那些检测设备越来越先进。

接受了各种各样的检查，还有治疗，结果什么病都没有。出院报告上却写着"少吃醋，多喝酒"。经过老伴提醒才知道，原来是眼睛老花，没有看清楚，应该是"少管闲事，多些糊涂"。

用时间的刀，把岁月切开

用昨天的刀，把诺言切开。一面是灰色的，另一面还是灰色的。没有见到生命的绿色和血液的红色。那些嘴边流出的一诺千金，也只是玩笑而已。

用今天的刀，把谎言切开。一面是白色的，另一面是黑色的。就是这样黑白分明，没有梦里梦外所描述的虚无缥缈。其实，谎言有时也是充满善意的，没有必要太认真。

用明天的刀，把誓言切开。一面是微笑，另一面是狰狞。总是想看清，总是想辨别，微笑的后面是什么，狰狞的里面又藏着什么。

用时间的刀，把岁月切开。一面是风雨，另一面是阳光。其实谁都知道，这才是岁月的本来面貌。左手挡着风雨，右手挽着阳光，这才是我们拥有的岁月。

拐　　弯

　　长驱直下的河流，在平静中流淌着，依然单调地流淌。最好的风景，是在河流的拐弯处。方向改变，流速调整，于是才有了浪花朵朵。

　　学会拒绝和接受，学会拐弯和妥协，就是拥有了智慧。思想的拐弯，有时也会闪耀异样的光芒。能够让心灰意冷的人，接受并折射阳光，在温暖中也有了光彩。

　　反其道而行之，往往会有意想不到的收获。历史上数次战役，正是指挥者思想的拐弯，才有了奇兵天降的佳话。

掩盖不了的假

无论怎样学舌的鸟，也道不出朴实的人言。再精致的妆容，也经不起岁月的侵蚀。假的就是假的，伪装一点都改变不了真实的内容。

不要在虚设的高台上，如同戏中的小丑，美言美语，假戏连台。其实那个台子，本身就是临时搭就的。有朝一日，说拆也就拆了。

一个总是喜欢躺平，想和天空平行的人。其实就如同梦里梦外的幽灵，喜欢黑暗，昼伏夜出。哪怕一点点阳光，都会让他觉得心惊胆战。

与其高谈阔论地弄虚作假，白白把时间消耗，还不如踏踏实实地走向地头，把丢失的麦穗捡起。尽管只是一个麦穗，也会成为下一季的种苗。

有时真想，真想自己就是一束麦穗、一棵种苗。

渐渐淡去的

　　已经没有什么显得那么重要。细微的平常，平凡的每天，其实都很重要。以前认为的那些重要，已经渐渐地淡去……

　　就像春天的雨，夏天的风，细腻地滋润，无声地吹拂。虽是年年岁岁的平凡，对四季却是那么重要，怎么也少不了。

　　真的要改一改，以前那些自以为是的重要，有时真的不重要。看似重要的某人某事，按下暂停键以后，才知道那也是可有可无。

　　不要把开心拒绝，更不要把微笑藏起。这些随手拈来的平凡，看似不重要。其实这些，才是组成美好生活的重要元素。

　　如果真有什么才是重要的，那就是保持微笑。

点　　赞

"点赞"一词不知从何而来，只知是近些年，紧跟着网络的步伐，从虚拟的空间冒了出来。

点赞，看似只是简单的两个字，却也反映着心思的千变万化。有时是真的喜欢，真的用心去点赞。有时看都没看，却也用手随意地一按。

点赞，真是五花八门。抖音的视频，朋友圈的美照，还有文章诗词的美妙，就连走路的步数多少，都把点赞看成一种不重要的重要。其实，真的一点都不需要。

点赞，更多的时候，也是相互的。学会了给别人点赞，才能赢得别人的点赞。就如同，我们要多为别人鼓掌一样。

诅　　咒

　　总有一天，不再需要诅咒，因为诅咒不再灵验，恶毒的语言，也不再成为刀剑。那善良正直的心，才是阻挡阴风邪气最好的盾牌。

　　总有一天，画符念咒，也不会唤醒噩梦中的那些呼救。语言也会变成咒语，去回击，去回报，回报那些喜欢咒言咒语的邪恶。也许连回报都不是，只是原路返回。

　　总有一天，无须诅咒，樵夫也会在春天的森林中消失，那曾经劣迹斑斑的砍刀，也会和樵夫的劣迹一样，在锈迹斑斑中脱落。但树木会发出新的枝芽，新的葱茏会把新的森林装扮。

　　总有一天，诅咒不再是诅咒，而是祝福。多一些虚怀若谷，尽量把傲气凌人的头颅放低一点，这样也许会福祸转换。那些抵达不了的祸，何尝不是一种福？

　　舍弃那些实在无趣的诅咒吧！学会降低自己的高度，去高看一眼别人。这何尝不是一种智慧中的智慧呢？

界　　线

　　那条天天跑于其上的环湖路，最近上面多了三条线，两条白色的边线，一条黄色的中线。

　　也许是视觉上的一种错觉，路上有了这些规范的线条以后，突然就觉得路边的那些零乱的树木，也变得整齐了。丛生在树木下的那些不修边幅的花花草草，也似乎有了诗意，有了平平仄仄的韵律。

　　就连路上的行人，也似乎有了一种没有约定的约定，都自觉地在黄线的右边前行。无论是顺时针，还是逆时针。平时没有规则的人流，在这规则的线条里，也有了规则。

　　白色的边线，定义着事物的基本尺度；黄色的中线，诠释了一分为二的简单哲理。其实大家都知道，世间再复杂的事物，都是由这一笔一画的线条构成的。

　　因此，不管是有形的线，还是无形的线，不可逾越的，就不要逾越，如同我们心中的那条底线……

黑白照片

偶然拉开书桌的抽屉，一沓发黄的老照片，闲置在那里。那是一沓年代不同、尺寸不一的黑白照片。这些照片，总是能把我记忆的河流唤醒，漾起那一朵又一朵黑白的浪花……

黑白照片的童年，不像《安徒生童话》和《格林童话》那样五颜六色，但同样书写着黑白的天真，就如同，世上只有好人和坏人，不知还有不断变化的第三种人和第四种人。

黑白照片的爱情，没有高富帅的华贵西服和白富美的飘逸婚纱，却完整地记录着同甘共苦的最初的承诺。照片上抹着发油的中分头和大辫子上系着红头绳的两个人，笑得是那么天长地久。

黑白照片的年代，很多旧事，都成了故事里的故事。但那些记忆又怎能不再？虽说遥远，其实也不远。就是在昨天和今天之间，黑白照片总是把我们不老的心牵拽。

就是这最简单的黑白照片，却真实地记录许多真实。无须多余的调色盘和长焦镜头，只要岁月的阳光还没有褪色，曾经的定格就是永恒的，照片同样可以保留到永久的永久。

我还不是诗人

我还不是诗人，因为还没有学会，说半句留半句。把本来完整的事物，刻意地拆分开来，东瞧瞧，西看看。看来看去，结果却成了一加一不等于二。

我还不是诗人，不会站在电梯到达的高处，面对着空旷处，大声呼喊着和太阳一样红的诗言诗语。我只会默默地守在湖畔桥边，浅吟低唱，用心思抚慰着心思。

我还不是诗人，不太懂得平仄格律和古体新韵，只喜欢老百姓都喜欢的朗朗上口的语句。

我还不是诗人，说话不会结结巴巴，总是喜欢把一段话的每一句都另起一行。似乎只有那样，才能在喜新厌旧中，显得所谓诗意盎然。

我还不是诗人，不会把梦里的话语，在阳光下侃侃而谈。黑色的天空，不会因为有了太阳，就金光闪闪，灿烂无比。

我还不是诗人，不会享受灯红酒绿的浪漫。高跟鞋和高脚杯，总是让人觉得，随时都有折跟、破碎的可能。只有那根平常的拐杖，才能让牢靠更加牢靠。

我还不是诗人，没有诗人那阴晴圆缺的情怀。功能再强大的美颜相机，拍出来的都是素颜的我。其实，那才是真实的我。

山 的 随 想

山外有山。这么简单的道理，是走到后来才明白的。我所攀登或翻越的，只不过是眼前的目光所及。

人生可以只需要一次攀登，就能站在山的顶端，但不等于只会经历一次翻越。

站立在山的肩膀上，如山顶那棵不老的松树一样，昂扬身躯，用山的高度来抬高目光，让远方不再是远方。不再计较曾经经历的琐碎和苦难。山如此辽阔，山下的风景如此多姿。

人到中年的我，必然经历无数次翻越，但我都借鉴山的性格，从不忍气吞声，低头萎靡。无论怎样狂风暴雨、惊涛骇浪，都会用不倒的决心抵挡扑来的一切，坚定心的远方。

也许是翻越的山太多，身心也疲惫，但我想到翻越枯萎之后的新绿，我会又一次挑战生命中的高山，并用攀登的方式享受辽阔。

山，于我，是山也不是山。因为，我常怀平常之心对待生活。

昨　天

　　不管誓言如何，都和昨天无关。把渐松的腰带勒紧，换一双跑鞋，从东到西，从晨曦到夕照，就这样追随着阳光。

　　无须电闪雷鸣，有细雨微风就好。昨天的那些山盟海誓，早已被过期的承诺打湿，变得越来越沉重。岁月的扁担也已被压得弯曲，难以承载继续。

　　从这条街，走进那条巷。尽管不再如昨天那样宽广，但夜色，却是渐渐明亮。随风飘来的，怎么会有八月的桂香？

　　昨天说过的，都成了故事里的故事。不必太计较，那些春风里的鸟语，也许只是随口一说，千万别当一回事。

把拧干的思想打湿

有时我们需要换一下思维和想法，把拧干的思想打湿。就如同洗衣机的清洗程序，为了更彻底地清理污渍，尽管已经脱水甩干，但还需要再次注水，再次清洗。

不是所有的路，都有终点。虽然到达了山顶，但也不一定就能开阔视野。如果胸怀不够宽广，那么眼前看到的，也只能停留在眼前，尽管已经站在高高的山巅。

撞到南墙，也不一定就是坏事。调换方向，及时回头，就是最好的选择。那个浪子，只要醒悟，照样可以闪耀金色的光芒。文豪鲁迅，放下手术刀，提起手中的那支笔，那些昨日的顽瘴痼疾，在阳光下，也许能够得以治愈。

电闪雷鸣，呼唤的不一定就是骤雨倾盆。绚丽的彩虹，常常就在那风雨的后面醒来。一定要相信，只要思想的火花没有熄灭，那么守望的灿烂，一定在前面的那个渡口把我们等待。

后记　文学，一直在梦想的远方

很小的时候，文学就是我最初的梦想。印象中，《小木偶奇遇记》似乎是我读的第一本小说。这是一本童话书，因为年代久远，故事情节记不清楚了，只记得看完那本书以后，我似乎明白了一个简单的道理，只要做一个勇敢、真诚、善良，爱学习、爱劳动的好孩子，所有的梦想都会实现。

有一段时期，"读书无用论"在社会上产生了很大影响，我也潇洒地放下书本，走出了《安徒生童话》和《格林童话》中皑皑白雪里的红色城堡，和年少的伙伴们一起，加入体育大军，整天在球场上快乐地奔跑。

"文革"结束，"读书有用论"的浪潮风起云涌。新华书店的门前，购买复习资料的队伍越排越长，越排越多。大家都希望在油墨书香中，把耽误的十年时光找回来。其中就有一个幸运的我。

曾经，"重理轻文"的思想在我心中潜生暗长。其时，摘得"哥德巴赫猜想"这个数学界王冠上的明珠的数学家陈景润成了我的偶像。在高中文理科分班时，我毫不犹豫地选择了理科班。自幼就有的那个难以割舍的文学梦想，也只能暂时放置一边，真的只能是曾经的梦想了。

也许自幼就受桐城文风的影响吧，大学时我尽管学的是土木工程专业，但对文章诗词及写作的特殊爱好，似乎一点都没有因为"既土又

189

木"而减少。

说起写作的兴趣和爱好，应该可以追溯到四十多年前我的高中年代。那是个"学好数理化，走遍世界都不怕"的年代。而在那个年代，我能够对文学产生兴趣，还是要非常感谢我的语文老师——毛伯舟老先生。那时毛老师让我们，不仅要完成每天的语文作业，还要每天完成一篇日记，而且要每周上交一次以便检查。在开始一段时间，我觉得每天写日记，练练笔挺好，而且写作能力也在写日记的过程中得到了较大提高。但进入高二（那时的高中是两年学制）以后，我感到每天写日记最大的难题是日记的题材和内容。

因为在那个紧张备考阶段，每天除了学习还是学习。而每天的活动轨迹也是学校和家两点一线地循环着，所以每天的日记内容没什么新意。在这种情况下，我便有了一个奇思妙想：写小说！将每天的日记连写成一部小说。

恰好那时候，全班同学的物理成绩，都因为换了一位物理老师而有所下降。因此，我就以此真实的背景，虚构了一篇小说《怨谁》。

小说是以"我"为第一人称来写的。小说的主线是这样的：我是班上的物理课代表，最近我的物理成绩和班上其他同学一样，在同年级的排名中直线下滑。父母责怪我听课不认真，班主任埋怨我骄傲自满，我和同学们则都抱怨新来的物理老师没有教好。直到后来，班主任和物理老师做了一次交流，我们才知道，原来十几年前他就是一名优秀的物理老师，后来因为家庭成分"高"，被调离了物理老师岗位。在落实政策后，才重回学校。他也为没有教好学生而怨恨自己。是啊！全班同学的物理成绩下滑，这究竟应该怨谁呢？小说在一个反问句中结束。

这就是我为实现文学梦想所进行的尝试。后来这篇小说未经任何修改和润色，保持着那个年龄（18 岁）的稚嫩的文学特色，在 2022 年 10 月 24 日面向全国发布的新媒体《同步悦读》上推送，阅读量很大，热评众多。

也许是从小就养成对理想坚守的习惯，尽管还有一个文学的梦想在耳边吟唱，但既然选择了理工科为此生的努力方向，那么"科学家"和"工程师"自然就成了我此生追寻的理想。为此，在大学学习阶段和工作履职期间，无论是建筑设计、施工管理，还是建设项目的统筹调度和计划管理，我都是在不断学习中前行。

在专业领域不断跋涉和前行的过程中，我越来越感到文学的重要性。无论是论文的撰写，还是专业领域交流会上的学术交流，无处不彰显着语言文字的魅力。如何用简洁准确的文字，去解说复杂的技术方案和科学命题？确实在这个时候，文字就成了我们走向成功不可或缺的辅助工具，我也真正理解了"文理密不可分"的含义。

正因为如此，在我从纯技术型的岗位转向技术加管理型的岗位以后，就更加感受到文学的重要性。从某种角度也可以理解，文学就是我们不断发现世界奥秘和精彩的另一双眼睛。

从此，我重拾搁置很久的文学梦想，开始在文字的海洋里快乐畅游。记得 1999 年 2 月 11 日我的散文《那一年收获》在上海《建筑时报》上发表，那是我除专业论文以外，第一次在国内有影响的报刊上发表纯文学方面的小文。这确实增添了我追寻文学梦想的不少信心。

有了信心，加上我自幼就养成的喜好，这时需要的就是决心。因此，在工作闲暇之余，我经常情不自禁地码字，写写回忆性文章，抒发一下内心感慨。报纸杂志和微信公众号上时常有我的文字。尤其是《那一年，带未婚妻回桐城》这篇往事随笔，在"六尺巷文化"公众号上推送以后，短短几天阅读量就近两万，留言和评论众多，让我意想不到。《怀念毛伯舟老师》一文也登上了"搜狐"散文类作品的热搜。所有这些，都进一步坚定了我向着生命中另一束阳光奔跑的决心。

岁月如梭，光阴荏苒。在忙忙碌碌的四季更替中，我也渐渐到了退休年龄。此时各种工作的压力开始减轻，生活的节奏也在变缓。我也就有了更多的闲暇时间和老友新朋小聚浅酌，自然而然地也就认识了不少省、市文艺界的好友，尤其是作家协会的朋友。他们很多都是文艺界的高人，其中不少曾经是报纸杂志的主编，作协主席、秘书长，知名作家等。不知不觉中，我也就潜移默化地融入了他们。

在和这些文人墨客的交流沟通中，我不仅学到了很多写作技巧，还从他们做事做人的风格上，领悟到了很多生活的哲理。确实有一种"听君一席话，胜读十年书"的感受，思路豁然打开了，观察事物的眼光也变得敏锐了。那双一度被"数理化"雨水打湿的文学翅膀，又开始有了抖动高飞的欲望。曾经的文学梦想，如同心中的另一束阳光，慢慢升腾，也渐渐成为现实。

于是，我坚定地铺开纸张，拿起笔墨，在夕阳还没有落下的前方，写下了这一本散文诗集《爱到深处就是诗》。

最后，我要感谢文学界的老师和朋友们给予我的关心和教益，让我在另一束阳光里，感受到春风吹拂的温暖和激情。特别感谢石楠老师，她在八十五岁高龄，而且眼疾严重，看书写作困难的情况下，还提笔为我的这本书写了序言。我还要感谢安徽文艺出版社在本书的编辑出版过程中给予的支持。